TRAITTE DE L'ARCHITECTVRE SVIVANT VITRVVE:

OV IL EST TRAITTE' DES CINQ ORDRES DE COLOMNES, Sçauoir: Toscane, Dorique, Ionique, Corinthe, & Composite; diuisées en sept Chapitres:

QVI ENSEIGNENT LEVRS DIFFERENTES PROPORTIONS, mesures & noms propres, suiuant la pratique des plus anciens Architectes Grecs & Romains : comme aussi de tous leurs membres generaux & particuliers, necessaires á la construction des Temples, Palais, Chasteaux, Forteresses, & tous autres bastimens, auec leur dependance.

Comme Portes, Arcs-triomphaux, Fontaines, Sepultures, Cheminées, Croisées, Vestibules, Pla-fonds, & autres ornemens, seruans tant à l'embellissement des Edifices des Villes, qu'aux fortifications necessaires d'icelles.

Desseignez par Maistre Iulien Mauclerc, sieur du Ligneron-Mauclerc, la Brossardiere, & Remanguis.

Où il a esté adiousté les diuerses mesures & proportions de ces fameux Architectes SCAMOZI, PALADIO & VIGNOLE, & quelques regles de Perspectiue.

Le tout representé en cinquante grandes planches en Taille-douce, enrichies des plus rares ornements de l'Antique, & Chapiteaux d'extraordinaire grandeur.

Et mis en lumiere par PIERRE DARET Graueur ordinaire du Roy. Oeuure necessaire aux Architectes, Peintres, Sculpteurs, Graueurs, Ingenieurs, Orphévres, Menuisiers, & tous autres qui se delectent du dessein.

A PARIS,

Chez PIERRE DARET, Graueur ordinaire du Roy, ruë S. Iacques, proche le Cloistre sainct Benoist.

M. DC. XLVIII.

AVEC PRIVILEGE DV ROY.

·2·
·EXAEDRON·
·TETRAEDRON·
·3·
·OCTAHEDRON·
·5·
·ICOSAEDRON·
·4·
·DODECAEDRON·
·FOY·ESPERANCE·CHARITE·PRVDENCE·
·TEMPERANCE·FORCE·ET·IVSTICE·
·EN·FVYANT·OISIVETE·
·DE·ACQVIERS·IMMORTALITE·
·ASTRO LOGIE·
GEOMETRIE ET MVSIQVE
GRAMMAIRE·ET·RETORIQVE·
DIALECTIQVE·ET·ARITMETIQVE

A MONSIEVR MALO CONSEILLER DV ROY EN SA COVR DE PARLEMENT.

ONSIEVR,

Toutes les fois qu'il me souuient des faueurs que feu mon Pere a receuës de vostre Maison, ie ne me trouue pas moins vostre redeuable que luy. Il me semble qu'en me donnant la vie, il m'a fait vn secret commandement d'acquitter ses debtes; & que ie ne puis, sans luy estre ingrat, l'estre à ceux qui l'ont obligé autant qu'vn homme de sa condition le pouuoit estre. Mais le iuste motif qui me fait reconnoissant ne me fait pas soluable. Il ne faut que de la bonne volonté pour reconnoistre vn bien fait receu; & il faut de la fortune pour en faire le payement. Cette derniere me manque, MONSIEVR, *& ie ne croy pas qu'à l'aduenir, elle me donne plus de moyen de payer, qu'elle ne m'en a donné par le passé. Il est vray que i'ay quelquefois ouy dire aux Sçauans, dont mon art m'a donné la connoissance, que le plus indigent des hommes peut payer la plus grande des debtes; que celuy-là s'aquitte entierement qui confesse hautement qu'il est debiteur; & qu'vne veritable reconnoissance est vn veritable payement. Ie sentois bien en moy-mesme quelque mouuement, qui, par vn pur instinct de la nature, me portoit à croire cette doctrine des Sages. Mais le langage du monde me faisoit douter d'vne si haute verité. Ie voyois que l'vsage y estoit formellement contraire; Qu'vn creancier ne se payoit pas de Morale, & de belles paroles, & que selon le commerce ordinaire des hommes, vne debte n'estoit pas acquittée pour estre bien reconnuë. Ie balançois,* MONSIEVR, *entre des preceptes si differents, & ne sçauois encore auquel me resoudre,* *lors que la Fortune me donna de nouuelles preuues de sa haine; & bien loin de contribuer quelque chose pour me desgager de mes anciennes debtes, elle me contraignit d'en faire vne nouuelle. Car il y a quelque temps, MONSIEVR, que i'eus besoin de vostre protection; & vous me l'accordastes auec tant de generosité, que vous ne me donnastes presque pas le loisir de vous en faire la tres-humble supplication. Ce fut vn effet de cette haute & solide vertu, qui vous esleue au dessus de la coustume & du siecle; qui donne de l'éclat à la pourpre mesme que vous portez; & qui vous fait considerer comme vn de ces anciens Senateurs, qu'on appelle encore les Peres de la Patrie, les Protecteurs des persecutez, & les Dieux visibles des Estats. Mais il ne m'appartient pas MONSIEVR, d'entrer dans vn discours dont ie ne sçaurois sortir qu'à ma confusion. Ie laisse vn si noble employ à ces grands hommes de nostre siecle, qui font profession d'estudier les grandes vertus; & apres les auoir bien connües, de leur donner les loüanges qu'elles ont meritées. Ie me restrains donc à ce qui est de mon pouuoir, ie veux dire, MONSIEVR, à vous confesser que ie ne puis rien; & qu'en toutes façons ie me reconnois esgalement insoluable. Ie le suis mesme au delà de ma propre creance. Car ie trouue que les choses que i'ay dessein d'employer pour estre quitte, se conuertissent en obligations; & deuiennent de la nature de mes premieres debtes. Ie dis cecy, MONSIEVR, pource qu'ayant recouuré depuis quelques années vn ouurage d'Architecture, que les Maistres de l'Art estiment vn chef-d'œuure, mon intention estoit de vous en faire vn present, & par ce present vous conuier à rabattre quelque petite partie de ce que ie vous dois. Mais il en arriue tout autrement que ie ne me suis figuré. Car en vous presentant le trauail de Monsieur de Mauclerc, ie m'apperçoy que tout excellent qu'il est, il a besoin aussi bien que moy, de trouuer vn nom Illustre, vn deffenseur puissant, & en vn mot, vn azyle tel que celuy de vostre vertu & de vostre condition, pour estre à couuert de l'enuie des hommes & de la malignité du siecle. Ie vous demande donc, MONSIEVR, au lieu de vous donner: Ie solicite derechef vostre generosité. Ie recherche de nouuelles faueurs; & en vous suppliant d'agréer mon Ouurage, ie vous coniure de prendre & l'Ouurage & l'Ouurier en vostre protection. Ie me promets de vostre bonté qu'elle adioustera encore cette grace à tant d'autres; & quand elle me deuroit faire viure & mourir ingrat à force de biens faits, qu'elle ne me refusera pas la plus grande de toutes; qui est de me croire aussi veritablement, que ie suis obligé de l'estre.*

MONSIEVR,

Vostre tres-humble & tres-obeïssant seruiteur,
P. DARET.

AV LECTEVR.

LA gloire est la recompence des bonnes actions; & quoy que l'on die de la Vertu qu'elle est elle-mesme son prix, il est neantmoins bien extraordinaire que par ce principe l'homme se porte au bien. La gloire est son plus agreable & plus continuel objet. Il l'aime, & par vn effet de son amour il se porte ardemment à entreprendre tout ce qui luy en peut donner la possession. Il deuient moderé, il deuient magnanime, il deuient prudent, & par mille preuues qu'il rend de sa vertu, il donne mille tesmoignages du desir qu'il a de posseder la gloire. Par ce desir tous les hommes rendent vertueuses les inclinations qu'ils reçoiuent de la naissance. Par ce desir les vns se sont acquis le tiltre de vaillants, les autres de grands Politiques. Beaucoup ont embrassé les lettres; & suiuant les beaux mouuemens de leur esprit, les vns ont esté loüez pour leur pieté; & les autres ont remporté la gloire d'estre arriuez à la perfection de ce qu'ils auoient entrepris, & d'estre vn exemple à tous ceux qui aiment la reputation de leur Païs autant que la leur propre. L'Autheur de l'Ouurage que ie vous presente, Lecteur, s'est mis au nombre de ces vertueux. Il estoit Gentilhomme, & pour donner à sa profession ce qu'il luy deuoit, il suiuit le grand Henry par tout où les besoins du Prince appelloient ceux de sa condition. Mais la France ayant receu de la bonté, aussi bien que de la valeur de son Roy vne paix generale, Monsieur de Mauclerc se retira chez luy, où secondant la force de son genie, il fit cét ouurage qui n'est pas moins glorieux pour les François qu'il l'est pour son Autheur. Sa matiere a esté traittée par plusieurs estrangers. Mais il l'a aussi bien entendüe qu'eux; & quoy qu'ils l'ayent precedé en la publication de leurs pensées, ils n'ont sur luy que l'auantage du Temps. Il y a fait des remarques qui sont autant de regles, & des esclaircissemens qui doiuent passer pour de solides instructions, & par tout la disposition est si admirable, qu'elle nous oblige à croire qu'il ne l'a pas reduitte en l'estat où elle est, que par vn long-temps, & par vne curieuse recherche. Sa mort est cause que cét ouurage n'a point veu le iour plutost. Mais il est rendu à la France apres vn demy siecle qu'il luy a esté rauy. C'est tout le corps de l'Architecture; c'est vn traitté entier de cét Art qui donne au marbre & à la pierre le moyen de deuenir les delices des hommes; qui les rend la pompe des Palais, les embellissemens des Temples, & les plus durables monuments que l'ambition des hommes ait pû trouuer pour rendre leurs richesses & leur puissance recommandables à l'aduenir. Il en a aussi tousiours esté estimé; il est deuenu comme familier dans les Cours des Roys & des Princes; & pour le credit qu'il a eu chez les riches splendides, il nous fait encore parler de leur belle inclination aussi-tost que de leur grande fortune. Les Peuples qui les premiers l'ont parfaitement possedé, sont les premiers aussi qui ont possedé la politesse des mœurs, & la perfection des sciences. Des Grecs il a passé aux Romains; & quoy que le grand sens de ces derniers peuples ait pû inuenter, ils se sont tousiours conformez aux regles que les premiers auoient donné à cét Art: Ils y ont fait aussi des adionctions remarquables: Et les vns comme les autres ont fait gloire de ce dont ils estoient les autheurs. La Prouince Grecque de Dorie a donné son nom à la Colonne Dorique. L'Ionique est ainsi appellée d'Ionie, qui est vne partie de la Grece; & la fameuse ville de Corinthe a beaucoup adiousté à sa reputation, d'auoir inuenté la Colonne qui est appellée Corinthienne. Les Romains ont nommé Toscane la Colonne qu'ils ont trouuée, & la Composite est vne sorte de Colonne qui reçoit toutes les beautez & tous les ornements des autres dans son corps. Enfin toutes les Nations ont esleué de magnifiques tesmoignages de l'estime qu'ils ont toutes fait de cét Art. Les Iuifs nous vantent le Temple du grand Salomon: Les Assyriens leur Babylonne: Les Egyptiens ne parlent que de leurs Pyramides: les Grecs que des fameux Temples qu'ils ont bastis à la memoire de leurs Dieux. Rhodes fait gloire de son grand Colosse. Rome nous met deuant les yeux ses Temples, ses Amphiteatres, ses Arcs de triomphe, & ses mille superbes Palais qui nous font encore admirer sa premiere grandeur. Ie finiray par nous-mesmes, & sans parler des innumerables maisons des particuliers, qui sont autant de Palais comparables à ceux de l'antiquité, ie diray que le Louure est vn abregé de toutes les delicatesses de l'Architecture, & que sa magnificence surpasse de beaucoup tout ce que l'orgueil des estrangers peut s'en attribuer. Cela tesmoigne à tout le monde que les François ont eu toute la connoissance de cét Art, & que nostre Autheur n'a pas tant eu dessein de donner des enseignements à ses Compatriotes, qu'il a voulu faire connoistre que cét Art estoit fort recommandable parmy eux. Il en a escrit tout ce qui s'en deuoit dire, mais ce n'estant pas sa seule intention, il les a desseignez & les a fait grauer en taille douce, & ce qui en rend l'entreprise plus considerable, c'estoit au commencement que cette Taille fust introduitte en France. Son ouurage fait foy des soins qu'il y a apportez, l'exacte iustesse qu'il a donnée aux mesures de ses Colonnes, la recherche des plus conuenables ornements ; & des moindres particularitez qu'il a remarquées dans les corps & dans tous leurs membres, feroient passer son ouurage pour vn miracle, si les estrangers n'auoient point preoccupé nos esprits de ce qu'ils ont escrit sur cette matiere. Quoy qu'il en soit, l'ouurage est tout nouueau, puis qu'il n'a pas encore esté donné au public. Et des sçauans Architectes à qui ie l'ay fait voir, m'en ont fait grand estime. Ie fais entrer dans le corps du Liure des adjonctions de quelques membres particuliers que i'ay empruntez des Architectes Italiens. Ce sont des parties separées que i'ay esté conseillé d'y mettre, & principalement des ornements de frises de chacun ordre, qui pour leur longue estenduë n'y ont pû estre placez en leur iuste grandeur & mesure. Et puis la volute auec la regle pour sa construction, à la maniere de Vignole : vn profil de Chapiteau Ionique, quelques impostes, frontons & corniches, pour occuper des places vuides, qui pourront ensemble donner & de la varieté & de la satisfaction aux curieux. Sur la fin du Liure l'on verra aussi quatre planches que i'ay adioustées: La premiere enseigne en dix petits desseins toutes les proportions des hauteurs, distances, largeurs, & ouuertures, qui se doiuent donner aux entre-colonnes, & aux Arcs ou portiques, dans la construction d'vn grand bastiment, lesquelles i'ay empruntées de Paladio. Les trois autres planches contiennent toute l'Architecture en general par la representation de trois differentes Colonnes de chaque ordre auec toutes leurs proportions & mesures, tant des corps que des membres particuliers, selon ce qui leur en a esté donné par ces fameux Architectes modernes, Scamozy, Paladio : & Vignole. Les vns donnant plus ou moins au piedestal, les autres au fust ou vif de la Colonne, & puis à l'Architraue, Frise, & Corniche, où chacun d'eux s'est estudié à qui leur donneroit plus de grace, & dautant que les mesures qu'ils ont obseruez sont differentes, i'ay crû que faisant voir en abregé à la fin de ce Liure, vn extrait de la resolution de chacun d'iceux, ie pourrois donner quelque lumiere à ceux qui n'en n'ont pas toute la connoissance : & particulierement à ceux qui n'ont pas tousiours entre les mains les ouurages de ces diuers Architectes, tant à cause de leur rareté, que pour ceux qui n'ont pas l'intelligence de la langue en laquelle les originaux sont escrits : les traductions estans sujettes à des omissions ou augmentations ; ou bien souuent pour expliquer vne section, ou nom propre, ils mettent plusieurs mots inutils qui embroüillent plus le Lecteur qu'ils ne luy donnent de lumiere. I'entends de ces traducteurs qui n'ont pas connoissance de l'Architecture; car pour bien traitter cette matiere, il la faut bien entendre. I'en ay dressé vne briefue instruction à la fin du septiéme Chapitre de ce Liure, qui renuoye aux trois susdites dernieres planches, où leurs mesures aussi sont grauées à costé de chaque Colonne, auec vne eschelle des modules & parties, dont les Architectes se sont seruis à les mesurer, afin de montrer plus distinctement tout ce qui en dépend, dautant que ie sçay bien que quand il est question de tourner vn fueillet, pour chercher l'instruction d'vn renuoy de quelque chiffre ou lettre significatiue, l'on se trouble, de sorte qu'il y a peine à rechercher ce qu'on auoit deuant les yeux. C'est aussi ce qui m'a obligé de faire imprimer les deuis des Colonnes de ce Liure sur vn fueillet seul, & en lettre menuë pour n'en rien retrancher, & pour auoir le moyen de voir tout ensemble la Colonne & son deuis. Voila pour ce qui concerne les augmentations de ce Liure ; Mais pour ne point oster la gloire à qui elle est deuë, il faut sçauoir que Monsieur de Mauclerc a suiuy le grand Vitruue, & que tout ce qu'il en a escrit & mis en dessein, n'est qu'vne fidelle demonstration de ce que ce premier des Architectes en a discouru, il s'est attaché à bien esclaircir ses preceptes, il a conserué par tout la iustesse de ses regles, & ne diminuant ou augmentant rien de ses leçons, il s'en est seruy comme du plus solide fondement qu'il pouuoit donner à son entreprise.

SENSVIT LE CONTENV ET L'INTERPRETATION DE L'ART RVSTIQVE ESTANT EN LA PREMIERE PLANCHE DVDIT PREMIER LIVRE, contenant la deuise du Seigneur du Ligneron Mauclerc, Autheur du present Oeuure.

Et premierement les Noms des neuf Muses, auec leurs definitions.

VRANIA PREMIERE.

VRania, c'est à dire Celeste; Et il est vraysemblable que les choses celestes n'ont pas besoin de diuers gouuernemens; n'ayans qu'vne simple & seule cause, qui est la Nature. Au contraire des choses humaines qui estant sujetes au changement & à mille diuers accidens, ont besoin du secours de ses autres sœurs pour les preuenir.

CALLIOPE.

Et pource que toute nostre vie, vne partie est jeu, & vne partie affaire graue & serieux, & en tout y a besoin d'vne temperature reglée & moderée: ce qu'il y aura de graue & de serieux en nous, sera reglé, moderé & conduit par Calliope.

CLIO.

L'estat de Clio puis apres est de pousser en auant, honorer & égayer l'ambition.

THALIA.

Mais quant à la volupté du boire & du manger, Thalia est celle qui le rend sociable, delicieux, ciuil & honneste; au lieu qu'il seroit autrement brutal, & dereiglé. Les Poëtes luy attribuent le plaisir de la Comedie.

POLYMNIA.

Polymnia conserue & regit la vertu memoratiue, & le desir d'apprendre & de sçauoir, qui est en l'ame. C'est pourquoy les Scicioniens des trois Muses qu'ils mettent, ils en appellent vne Polymathia, qui est à dire grand sçauoir.

EVTERPE.

Euterpe: tout homme de bon iugement luy attribuera la speculation & contemplation de la verité de la Nature, n'estimant point qu'il y ait autres delectations ny recreations plus belles, plus pures, ny plus honnestes que celles-là.

ERATO.

Erato preside à l'Amour auec grace & persuasion, esteignant l'ardeur furieuse de la volupté; la faisant terminer en foy & amitié, & non en dissolution & intemperance de lubricité. Il reste le plaisir des yeux & des oreilles, soit qu'il appartienne à la Raison, ou bien à la passion, ou qu'il soit commun à toutes les deux.

MELPOMENE ET TERPSICHORE.

Les deux autres Muses, c'est à sçauoir Melpomene & Terpsichore le commandent & gouuernent en telle sorte, que l'vn soit honneste réjoüissance, & non pas volupté lasciue; & l'autre recreation, & non pas enchantement.

Les Noms des sept Vertus Cardinales, & leurs definitions.

Et premierement des trois Theologalles.

FOY.

FOy premiere vertu Theologalle, est le fondement & asseurance de ce que l'on espere, & verité de ce que l'on ne voit point.

ESPERANCE.

Esperance deuxiéme; ce que l'ame tient par esperance, l'entendement le possede par ferme apprehension. Dauantage l'ame tend à ce à quoy l'entendement arriue par attouchement : Car l'entendement, comme dit Platon, possede par vn certain attouchement ce que l'ame desire & espere.

CHARITE.

Charité troisiéme : la Charité est en l'entendement vne dilection & amour embrasant toutes choses, & les arrousant toutes, selon leurs degrez conuenables; & en l'ame c'est vn don distribué en beaucoup de parties.

Definitions des Moralles.

PRVDENCE.

Prudence premiere vertu Moralle, est vne pleine contemplation gouuernant toutes choses : & en l'ame c'est vne habitude acquise de plusieurs experiences.

TEMPERANCE.

Temperance seconde, est vne familiere conuersion de l'entendement vers soy-mesme, autant qu'il est seant : Mais estant en l'ame, elle tempere ses passions.

FORCE.

Force troisiéme : en l'entendement la Force est du tout constituée sans passions, & si prévant en toutes choses : Mais en l'ame elle est participante de passion, par la ressemblance de celuy duquel elle l'a receu.

IVSTICE.

Iustice quatriéme : Iustice est la conuersion de l'vn à soy-mesme, & n'y a rien de diuers de celuy auquel elle est : Mais estant en l'ame, elle l'adresse vers Dieu.

Les Noms des sept Arts liberaux, & leurs definitions.

GRAMMATIQVE.

Grammatique est l'Art qui donne la connoissance des lettres, syllabes & dictions, pour en composer du nom & verbe, l'Oraison.

RHETORIQVE.

Rhetorique est l'Art d'amplifier l'Oraison par eloquence, pour suader & persuader aux Auditeurs ce que l'on a intention de faire, ou qui doit estre fait.

DIALECTIQVE.

Dialectique est l'Art ou science par laquelle on examine par dispute la verité ou fausseté de chacune proposition ou propos.

ARITHMETIQVE.

Arithmetique est la science & art de sçauoir bien iustement, seurement & parfaitement nombrer.

GEOMETRIE.

Geometrie est la science & Art qui donne les reigles de bien & iustement mesurer, mesmement la terre, & generallement toutes superficies des corps solides.

MVSIQVE.

Musique est l'Art pour paruenir à la connoissance des tons sous voix, iustement mesurez & prononcez.

ASTROLOGIE.

Astrologie est l'Art conduisant par ses preceptes à la connoissance du naturel, influance & reuolution des corps celestes estans au Ciel & Firmament, & l'Astronomie de leurs mouuemens, par le secours des instrumens dediez à tel vsage; pour l'intelligence desquels l'on aura recours à l'Astrolabe, aux Armilles de Ptolomée, & au Torquet, pour les trois plus antiques de ma connoissance : & entre les modernes, l'Astrolabe de Desroias, & la Sphere de Sacrobosquo, commentée par Clauius. Pour l'inuention de l'Astrolabe, aucuns l'ont attribuée à Mesahalach, les autres à Ptolomée, combien que long-temps auparauant elle auoit esté inuentée d'Abraham, comme a escrit quelque Autheur, ou d'vn nommé Lab, dont aucuns ont voulu deriuer ce nom Astrolabe, comme du premier Autheur.

Les Noms des cinq Corps reguliers, & leurs definitions.

1. Le Tetrahedron est vn corps composé de quatre triangles æquiangles.
2. L'Examedron ou cube, compris de six quarrez.
3. L'Octahedron est compris de huict triangles æquilateraux egaux ensemble.
4. L'Icosahedron est de vingt triangles aussi egaux æquilateraux ensemble.
5. Mais le Dodecahedron est terminé de douze pentagones aussi egaux æquilateraux æquiangles.

Raison pourquoy ils ont esté appellez Corps reguliers.

Et ont ainsi esté nommez Corps reguliers, à raison de ce qu'ils sont enfermez & compris de superficies & costez egaux, & sont seuls descrits en vne mesme Sphere.

Les Noms des trois Graces, & leurs definitions.

PASITHEA. EGIALE. EVPHROSINE.

Bocasse au vingt-cinquiéme Chapitre de son cinquiéme Liure de la Genealogie des Dieux, appelle les Graces Seruantes de Venus, par laquelle Venus il entend toute honnesteté & chose decente; & par lesdites Seruantes, tout accomplissement de choses seantes & auenantes.

Les Noms des trois Parques, & leurs definitions.

Cloto la premiere desdites trois Parques, nous representant la jeunesse sortant d'enfance & folle simplicité, pour se jetter au feu de vaine ardeur.

L'Achesis seconde, nous conduit à l'âge viril, accablé de penible sollicitude.

Atropos troisiéme, nous fait voir l'ennuieuse langueur de la decrepite vieillesse.

PRIVILEGE DV ROY.

LOVYS PAR LA GRACE DE DIEV, ROY DE FRANCE ET DE NAVARRE: A nos amez & feaux les Gens tenans nos Cours de Parlement, Maistre des Requestes ordinaires de nostre Hostel, Baillifs, Seneschaux, Preuosts leurs Lieutenans, & à tous nos autres Iusticiers & Officiers qu'il appartiendra, Salut: Nostre bien-amé Pierre Daret, nostre Graueur ordinaire en tailles douces, Nous a fait tres-humblement remontrer, que depuis trois ans en-çà il a recouuert les planches d'vn liure in folio, intitulé *l'Architecture de Mr Iulien Mauclerc Gentilhomme Poiteuin*, composé de cinquante planches en taille douce, auec les explications d'icelles, qui n'a encore esté mis en lumiere, & par luy augmenté; lequel Liure, pour l'vtilité publique, ledit Daret desireroit mettre en lumiere par nostre permission, qu'il nous a fait supplier luy accorder. A CES CAVSES, desirant bien & fauorablement traitter ledit Exposant, afin qu'il ne soit frustré des fruicts de son labeur, & mettant en consideration qu'il a graué & graue encore de present les planches qu'il conuient mettre aux ouurages qui s'impriment en nostre Imprimerie Royale du Louure, luy auons permis & octroyé, permettons & octroyons par ces presentes, faire imprimer ledit Liure, vendre & debiter en tous les lieux, pays, terres & Seigneuries de nostre obeïssance que bon luy semblera, par tels Imprimeurs qu'il voudra choisir, durant le temps & espace de dix ans, à compter du iour qu'ils seront acheuez d'imprimer: Faisant deffences à tous Libraires & autres personnes de quelque qualité & condition qu'elles soient, de faire imprimer, vendre, debiter, contre-faire ou pocher lesdites tailles douces & discours, sans la permission & consentement dudit Daret, ou de ceux qui auront droit de luy durant ledit temps, sous quelque pretexte que ce soit, à peine de six mil liures d'amende payable sans deport, nonobstant oppositions ou appellations quelconques, pour lesquelles & sans preiudice d'icelles ne sera differé; applicable vn tiers à Nous, vn tiers à l'Hostel Dieu de nostre bonne ville de Paris, & l'autre tiers audit Exposant, confiscation de tous les exemplaires contre-faits, & de tous despens dommage & interests; à la charge de mettre deux exemplaires dudit Liure en nostre Bibliotheque publique, & vn d'iceluy en celle de nostre tres-cher & feal Cheualier, Chancelier de France, auant que de l'exposer en vente, à peine de nullité du contenu. Desquelles nous voulons & vous mandons que vous fassiez iouïr plainement & paisiblement ledit Exposant, & ceux qui auront droict de luy, sans souffrir & permettre qu'il leur soit donné aucun trouble ny empeschement. Voulons aussi, qu'en mettant au commencement ou à la fin dudit Liure vn Extraict des presentes, elles soient tenuës pour deuëment signifiées, & que foy soit adioustée aux copies collationnées par l'vn de nos amez & feaux Conseillers & secretaires, comme à l'original. Mandons au premier nostre Huissier ou Sergent sur ce requis, faire tous exploits necessaires, sans demander autre permission que ces presentes: CAR TEL EST NOSTRE PLAISIR, nonobstant Clameur de Haro Chartre Normande, prise à partie & lettres à ce contraires, ausquelles nous auons dérogé & dérogeons par cesdites presentes.

Donné à Paris le dernier iour de Decembre, l'an de grace mil six cens quarante-cinq, & de nostre regne le troisiéme.

Par le Roy en son Conseil,

BERAVD.

Acheué d'imprimer le quinziéme Iuillet mil six cens quarante-sept.

TRAITE' DE L'ORDRE TOSCAN.

CHAPITRE PREMIER.

A premiere Colonne, qui est Toscane, est semblable à vn homme gros, fort & robuste, parquoy aussi l'outrage est appellé œuure Rustique. La hauteur de cette Colonne soit diuisee en neuf parts: desquelles les deux seront pour la stilobate ou pieddestal: Et puis ces deux parts se partiront en six: vne partie se donnera à la cimaise inferieure, l'autre, à la cimaise superieure. Les quatre parts restant descriuent vn quarré, qui s'entrecouppent par deux diametres ou lignes diagonales. Dedans le quarré soit fait vn cercle; & dedans celuy cercle, soit pareillement fait vn autre quarré; & dedans cestuy soit fait vn cercle, qui sera la grosseur du tronc de la colonne par bas, cottée par A. Mais le quarré exterieur sera la largeur du plinche de la baze cottée par B. La grosseur du tronc par haut sera le quarré qui est au milieu, soit diuisé en huict parts, dont les deux seront le retrecissement du tronc de la colonne. La saillie ou proiecture de la Cimarie du Plinthe cottée par C. sera partie en six parts; dont vne doit saillir hors, ou doit estre le quarré, comme vous le verrez noté d'vne croix au costé senestre. La Cimaise inferieure, autrement nommée Bazis, du costé dextre cottée par D. soit diuisé en deux parts, dont l'vne sera le Plinthe, l'autre se partira en quatre, dōt l'vne sera le quadre ou tailloir dessus le Lisis ou Corniche: Mais vne autre de cesdites quatre parties diuisées en deux, fait la regle ou filet dessous la Corniche, qui doit saillir en quarré, comme il se voit au grand pieddestal suiuant. Et par ainsi toute la proiecture ou saillie, sera la septiéme part de la largeur de la stilobate dit pieddestal. La Cimaise d'enhaut, autrement nommée la Corniche de la stilobate du costé dextre cottée par E. est diuisée en quatre parties, dont l'vne se donne au Lisis ou tallon; les deux au Plinthe, la quarte à l'astragalle, ou filet: Tellement que l'astragalle ou bosel soit deux fois plus grand que le filet. La Cimaise du Tronc, autrement nommée la Baze de la Colonne cottée par F. Que l'on met sur la stilobatte à la moitié de la grosseur de la Colonne diuisée en deux parts; dont l'vne sera le Plinthe, l'autre se partira en trois parts, dont les deux soient données au thore; & la part restant soit donnée au filet. Sa grosseur ou proiecture est d'autant qu'il y a du quarré exterieur, iusques au quarré interieur. Le filet doit saillir vn quarré hors de la Colonne; & le reste soit donné au thore. La hauteur du tronc de la Colonne, cottée par G. est de six parties de sa grosseur, auec sa Cimaise & chapiteau. Le chapiteau cotté par H. sera aussi haut comme la moitié du tronc de la Colonne par bas, & se diuise en trois, dont vne partie se donne à l'Abacus ou tailloir du Chapiteau, l'autre au thore; la part restant se donne au Zophore ou Frise: Et le thore estant diuisé en quatre; vne partie sera le filet ou regle, & le restant fait le thore. Le Zophore ou Frise cotté par I. se diuise en deux parties, que nous auōs signé de deux petites croix; l'vne est la largeur de la tenia ou astragalle: & celle tenia derechef se partira en trois parties, dont l'vne sera donnée au filet; les deux à l'astragalle. La huictiéme partie de la grosseur du tronc de la Colonne par en bas, sera la saillie du chapiteau: La tenia doit saillir en quarré, comme il se voit plus à clair au grand chapiteau suiuant. Le retrecissement du tronc de la Colonne cottée par K. se fait en cette maniere. Ledit tronc en sa longueur entre deux cimaizes, se diuisera en six parties, dont les deux demeureront en bas, & font le tiers de la hauteur. Ayant fait diuision du bas en haut, tirerez des lignes trauersantes à chacun costé, & sur la ligne de la tierce partie mettrez vn compas compassant d'vn bout à l'autre; appliquez le compas au costé, & partissez le cercle depuis l'vn des costez de son demi cercle, iusques où la ligne perpendiculaire tombe du scape ou grosseur de la Colonne par en haut iusques sur les sixiémes parties de l'Inographie estāt au pieddestal où elles entrecouppent le demi rond du costé senestre en quatre parties, que vous signerez de lignes au trauers, comme il appert en cette figure. Pareillement tirerez hors de chacune partie, vne ligne procedant à mont, commençant exterieurement, & tendant iusqu'à la sixiéme partie du tronc: & ainsi consequemment. La seconde & la tierce des lignes ainsi menées chacune en son endroit, soient tirées les lignes du retrecissement procedāt du trauers iusqu'aux autres. Et par ainsi le tronc aura son retrecissement. Et pour mieux amener vostre retraitte, & la rendre plus iuste & plaisante à l'œil, au lieu que le cercle est miparti en quatre parties: diuisez celle mesme espace en 5. 6. 7. ou 8. & le tronc de la Colonne pareillement. Car de tant plus en ferez de diuisions, ladite retraitte s'en trouuera plus iuste & agreable, mais ie ne l'ay voulu faire que de quatre pour en rendre la façon plus inteligible aux moins entendus en l'art: ce qu'ayant pratiqué en quatre diuisions, leur rendra les autres plus faciles.

Grosseur du tronc de la colonne par bas, cottée A.

Retrecissement de la colonne cottée B.

Saillie de la Cimaise haute de la stilobate du costé senestre, cottée C.

Diuision de la Cimaise inferieure du costé dextre de la stilobate ou pieddestal, cottée D.

Diuision de la Cimaise haute de la stilobate ou pieddestal du costé dextre, cottée E.

Diuision de la Baze qui s'assied sur la stilobate, cottée F.

Hauteur du tronc de la colonne, cottée G.

Hauteur du chapiteau & diuision d'iceluy, cottée H.

Diuision de la Frise ou Zophore, cottée I.

Il y a encore vne autre maniere de retraitte ou diminution de Colonnes que descrit Vitruue en son troisiéme liure chapitre deuxiéme, qui se fait en cette maniere: C'est que chacune d'icelles Colonnes qui auront depuis la baze iusqu'au chapiteau enuiron de quinze pieds de hauteur: le diametre d'icelle Colonne en bas, se doit diuiser en six parties: & de celle-là suffira que le bout d'enhaut en aye cinq. De celles qui seront de quinze à vingt pieds, le gros bout d'enbas sera parti en six egalitez & demie, dont il en faudra donner cinq & demie au bout d'enhaut. D'vne autre qui auroit de vingt à trente pieds, soit diuisé le diametre par embas en sept portions & demie; desquelles on en baillera six & demie au bout d'enhaut; & se sera son appetissement conuenable. Quand il s'en presentera de trēte à quarante pieds de hauteur; diuisez leur bout d'embas en sept parties & demie; puis donnez les six & demie à celuy d'enhaut. Et ainsi vos Colonnes auront bonne retraitte. Mais si vous en trouuez de quarante à cinquante pieds, il vous faudra compartir leur diametre d'embas, en huict diuisions, dont vous donnerez les sept à la retraitte du bout d'en-haut, & se sera droictement ce qui appartient. Obseruant toutefois la maniere cy-dessus descrite, cottée par le chiffre 3. Il se trouue encore vne autre maniere de retraitte pour les Colonnes de trente pieds de haut, descrite au 7. chapitre du septiéme liure de Messire Leon Baptiste Albert: De laquelle ie ne feray autre description pour cause de briefueté; & que ie connois les susdites estre tres-belles & tres-curieusement recherchées pour le contentement de l'œil, de maniere qu'il n'est possible de mieux (selon mon iugement.) Qui me fait renuoyer les plus curieux Lecteurs audit liure de Leon Ba-

Maniere de diminuer & retrecir les colonnes comme il appartient, cottée K.

Autre maniere de rapetissement ou retrecissement de colonnes, cottée 2.

Encore vne autre maniere pour les colonnes de trente pieds, cottée 3.

[illegible] tomberont sur celle proportion de Colonnes. Filander & Albert Durer en ont aussi pareillement escrit: [illegible] Autheurs, & bien dignes d'estre leus, l'opinion desquels me deporteray de raconter pour le present, y ren[illegible] mieux, parce que ie voy n'en estre grand besoin en cet endroit.

La hauteur de l'architrabe & division d'iceluy, cotté L.

Dessus le Chapiteau ou assied le pistille, ou architrabe: Cet architrabe cottée L. a la demie hauteur de la grosseur du tronc de la Colonne par embas: & estant l'architrabe diuisée en six, vne partie se donne à la superieure corniche. Et ladite partie derechef diuisée en trois, vne partie sera pour le filet ou ceincte; & les deux seront pour la corniche ou talon au costé dextre. Mais les autres cinq parties de l'architrabe, se partiront en neuf; dont les cinq serōt données à la fascie superieure; les quatre, à l'inferieure, ou celle d'embas. Et le tout ayant sa saillie & collocation, cōme demonstre cette figure.

Hauteur de la Frise, ou Zophore, cottee M.

Apres l'architrabe, suit le Zophore ou Supercile, cotté M. duquel la hauteur est la demie grosseur de la Colōne par bas. Dessus la Frise se mettra la corniche, & est de la mesme hauteur auec la Frise.

Proiecture ou saillie de la Corniche au costé senestre, cottee N.

Sa proiecture ou saillie cottée par N. du costé senestre, est esgale à sa hauteur, & se diuise en quatre parties; dont la premiere se dōne à la corniche inferieure ou talon, diuisée en trois, vne pour la fascie; & les deux restans pour le talon. Mais de ces trois parts restans de la corniche, soit dōnée l'vne à l'eschine & au filet; icelle partie diuisée en quatre, vne pour le filet, & les trois pour l'eschine: & les deux parts restantes des premieres parties, sont pour la saillie, qui est egale à la hauteur. La partie d'embas se diuise en onze parts; dont les deux soient tousiours données à la regle ou filet; & vne, au canalet. Il y conuient auoir trois canicules, aussi profondes que larges.

Voila donc la description de cette Colonne, auec la vraye symetrie & compartition de ses parties, anciennement vsitée par les Romains & Venitiens, selon ce que i'en ay peu recueillir de tous les plus anciens Autheurs que Dieu m'a donné l'opportunité de voir. Et pour rendre plus facile l'vsage & pratique des membres de ladite Colonne, cy-dessus particulariser au Lecteur & Artisan, curieux à bien exactement obseruer les mesures & proportions qui s'y doiuent garder; il trouuera cy-apres en grand volume vn piedestal, accompagné de sa baze enrichie; cotté ledit piedestal au milieu de son massif, de la lettre O. Et ladite baze, estant sur iceluy de la lettre P. En son Plinthe & en l'autre part du fueillet, au costé dextre dudit piedestal & baze, sera trouué vn chapiteau en grand volume de la proportion conuenable à ladite baze ou piedestal, qui sera cotté en son Hipotrachelie ou Frise de Q. Par dessus lequel chapiteau est l'Ignographie ou plan d'iceluy respondant proportionnellement à celle Ignographie ou plan, qui est descrite dedans le massif dudit piedestal, marqué de la lettre O. Et au costé senestre dudit chapiteau, sera trouué le traict de l'oeuf, geometriquement descrit, pour le soulagement de l'Artisan; si & quand il en voudra vser en ses enrichissemens, pour les rendre plus parfaits & agreables à l'œil. Puis s'ensuiura aux autres deux pages suiuantes deux diuers architrabes, frises & corniches, aussi en grand volume, garnies de leur enrichissemens requis, selon la capacité dudit ordre Toscan: dont l'vn desquels pourtraicts contenant architrabe, frise & corniche, à la main senestre sera cotté en sa frise de la lettre R. Et l'autre estant vis à vis au costé dextre de la lettre S.

S'ensuit l'antiquité de la Colonne Toscane, premiere en ordre.

ET parce que la Colonne Toscane est plus grosse & plus robuste qu'aucune des autres suiuantes, elle a esté plus pratiquée par les Antiques aux forteresses: d'autant qu'elle est plus propre pour estre moins chargée de mouleure, & par ce moyen moins sujette à estre corrompue. Pline Historiographe dit de son antiquité, que les Toscans qui à present habitent la region de Florence, estoient descendus des Grecs: parquoy la Toscane ressemble fort bien à la Dorique. Aucuns Architectes escriuēt cette Colonne auoir son nom de certain Geant, nommé Tuscan; duquel (comme on dit) sont descendus les Tudesques, ou Allemans. Mais bien est vray que la Toscane est la plus grosse & plus robuste de toutes: Et pour cause de sa fortitude, ie l'ay mise au premier ordre, comme il est dit cy-dessus. Car ladite Toscane n'a que six diametres de son tronc par bas, en longueur ou hauteur: la Dorique, sept: la Ionique, huict: la Corinthe, neuf: la Composite, dix.

Aduertissement notable aux simples Artisans, ayās seulement la main & la pratique de la regle & compas.

Mais pour plus ample intelligence aux Artisans de bonne volonté, & non des plus experimentez audit art d'Architecture, pour s'aider desdites mesures à esleuer colonnes ou pilastres, soit tant pour la decoration des deuans des logis, portiques, portes, fenestres, lucarnes, ou autres chefs-d'œuures qu'ils voudroient enrichir de colonnes ou pilastres: prenant auis aux deux costez de l'vne des colonnes cy-apres dépeintes de cedit ordre Toscan, cōme aussi pareillement des autres suiuans, soit tant de l'ordre Dorique, Ionique, Corinthe, que Composite: c'est à sçauoir de celles qui sont au costé senestre, desnuées de chiffres & caracteres: pour les mener en leur perfection, il trouuera au costé d'icelle, deux lignes perpendiculaires: l'vne desquelles estant au costé dextre cottée par T. Y. en ses extremitez. A celle du costé senestre X. Y. chacune diuisée en dix parties egales, supposées chacune d'icelles parties, pour vn pied: & chacun desdits pieds diuisez en douze petits poincts, pour demonstrer les douze pouces que doit contenir le pied de roy. L'vn desquels pouces pourra estre diuisé en douze autres parties; pour par ce moyen pouuoir plus exactemēt trouuer les proportions & mesures desdites Colonnes. Par le moyen desquels pieds & pouces contenus esdites deux lignes perpendiculaires & paralelles, posant vne regle sur lesdites deux lignes trauersantes de chacun desdits chiffres, contenus esdites lignes perpendiculaires à l'autre, cōmençant par embas au piedestal, à deux pouces & demi, par-dessus les deux pieds marquez esdites deux lignes perpendiculaires du chiffre 2. qui est l'entiere hauteur dudit piedestal, y compris ses Scimaties hautes & basses, à dix pieds de hauteur, ladite Colonne comprenant tous ses membres, c'est à sçauoir le piedestal, baze, tronc de la colōne, chapiteau, architrabe, frise & corniche. Ce que continuāt ledit Artisan, en montāt vers le sommet & corniche de ladite colōne, trouuera les mesures de tous les membres particuliers en ladite colonne, comme aussi en toutes autres hauteurs de Colonnes proposées sans changer de pourtraict, changeant seulement d'autres lignes perpendiculaires; comme si au lieu de dix pieds, qu'auons supposez par exemple, lesdites lignes perpendiculaires estoiēt diuisées en quinze parties, signifiāt quinze pieds, & chacun pied en douze pouces, cōme il est dit cy-dessus: Et consequemmēt ainsi de toutes les autres hauteurs, qui seront proposées ausdits Artisans, qui n'auroient la connoissance des lettres, ains seulement la pratique de la regle & du compas. Qui pourrōt par ce moyen s'ayder desdits pourtraicts de Colonnes, & s'en seruir à toutes telles hauteurs que bon leur semblera, sans alterer ne corrompre les mesures & proportions d'icelles. Chose de grand profit & vtilité aux pauures simples Artisans qui n'ont esté nourris aux lettres: Ce que i'ay bien voulu adjouster à la fin de ce premier chapitre de cette dite Colonne Toscane, suiuant la promesse par moy faite au sommaire du premier liure de mes œuures d'Architecture. Mais aduisant en moy que cedit aduertissement seroit autant & plus conuenable en cet endroit qu'en nul autre; Ie luy ay bien voulu inserer, & duquel ne lairray pour ce d'en faire memoire sur la fin des autres chapitres suiuans, pour le soulagement desdits Artisans non lettrez; ayant, comme dit est, seulement la pratique de la regle & compas, & la main propre pour l'execution de chacun chef-d'œuure par eux entrepris, de quelque espece qu'ils puissent estre; ausquels se peuuent adapter lesdites Colonnes & Pilastres.

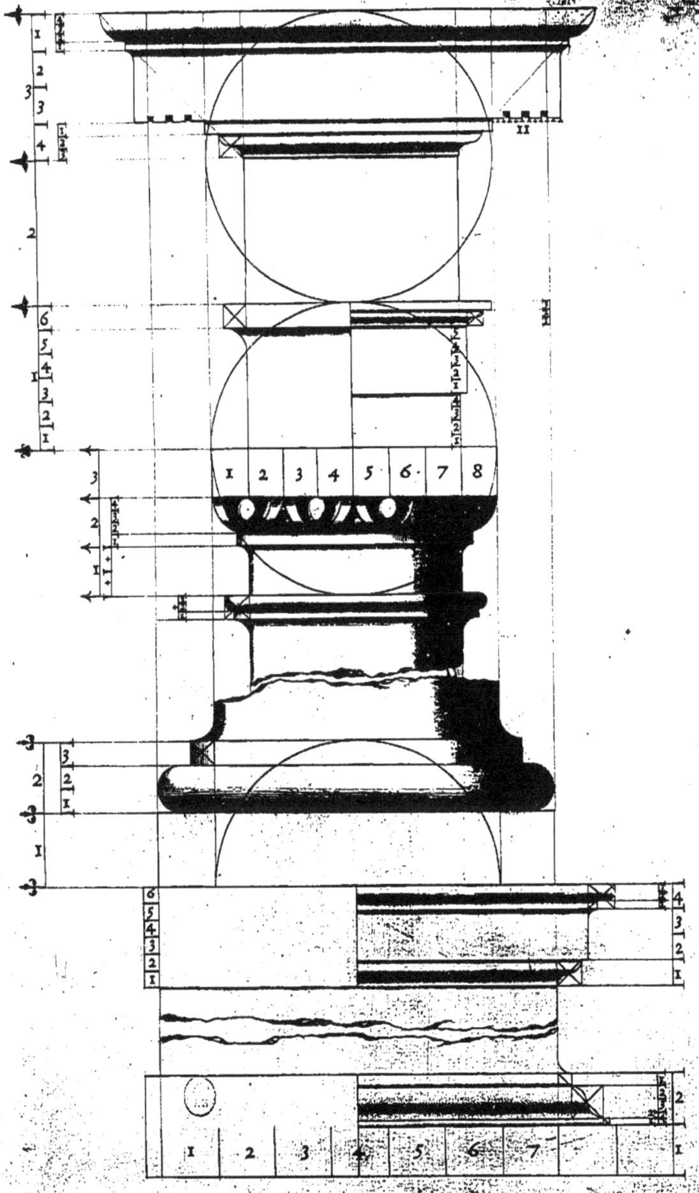

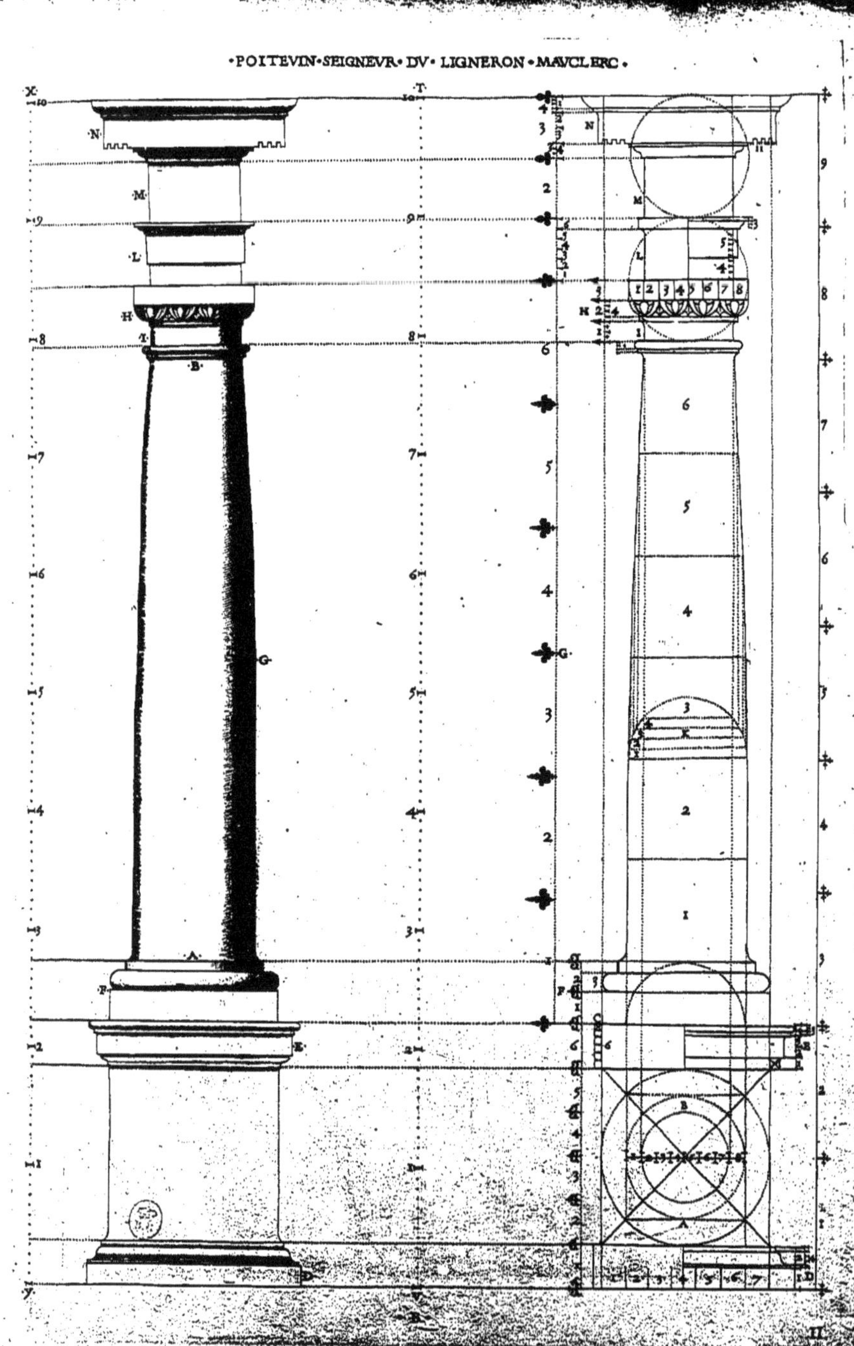
·POITEVIN·SEIGNEVR·DV·LIGNERON·MAVCLERC·

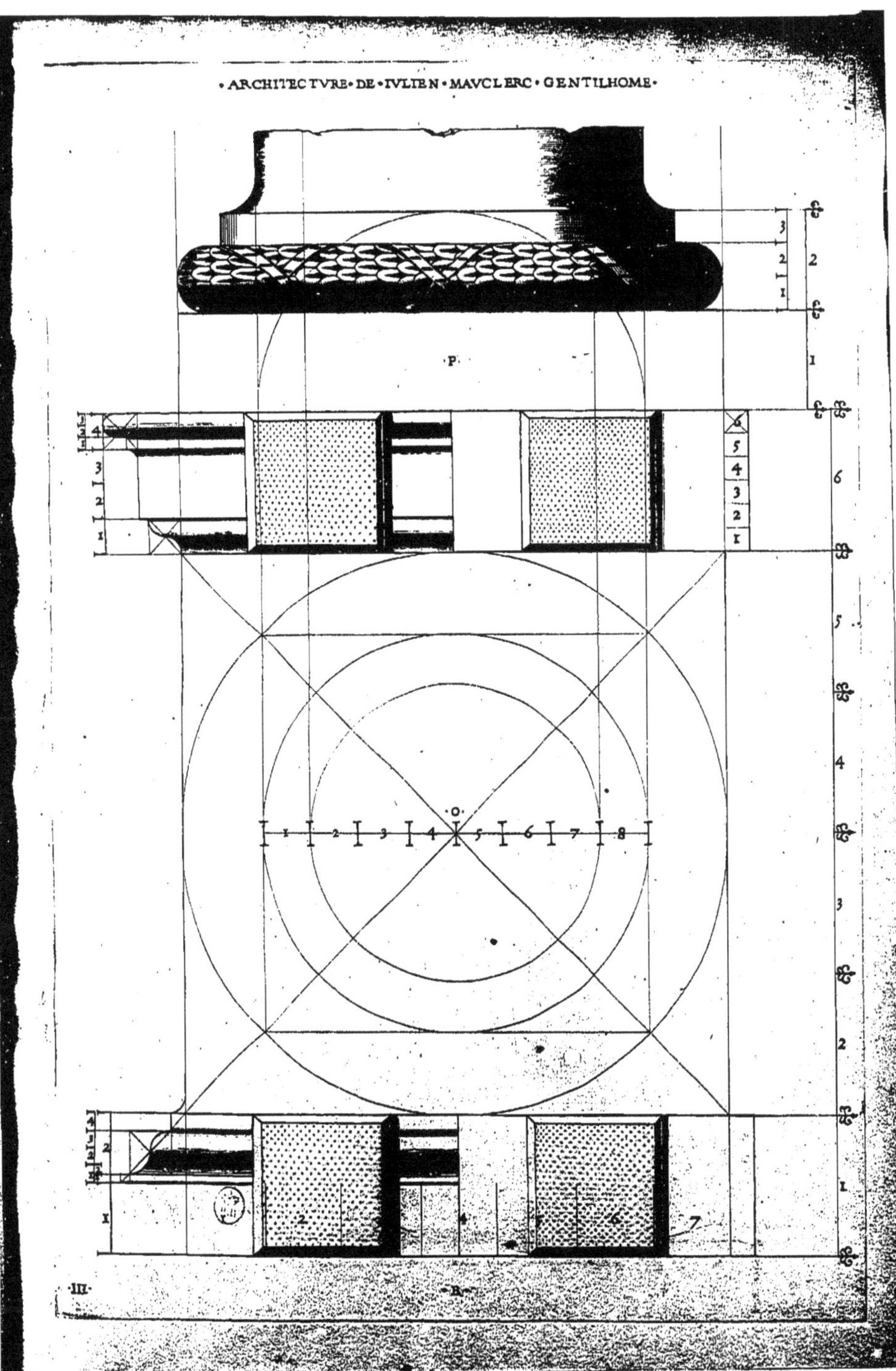

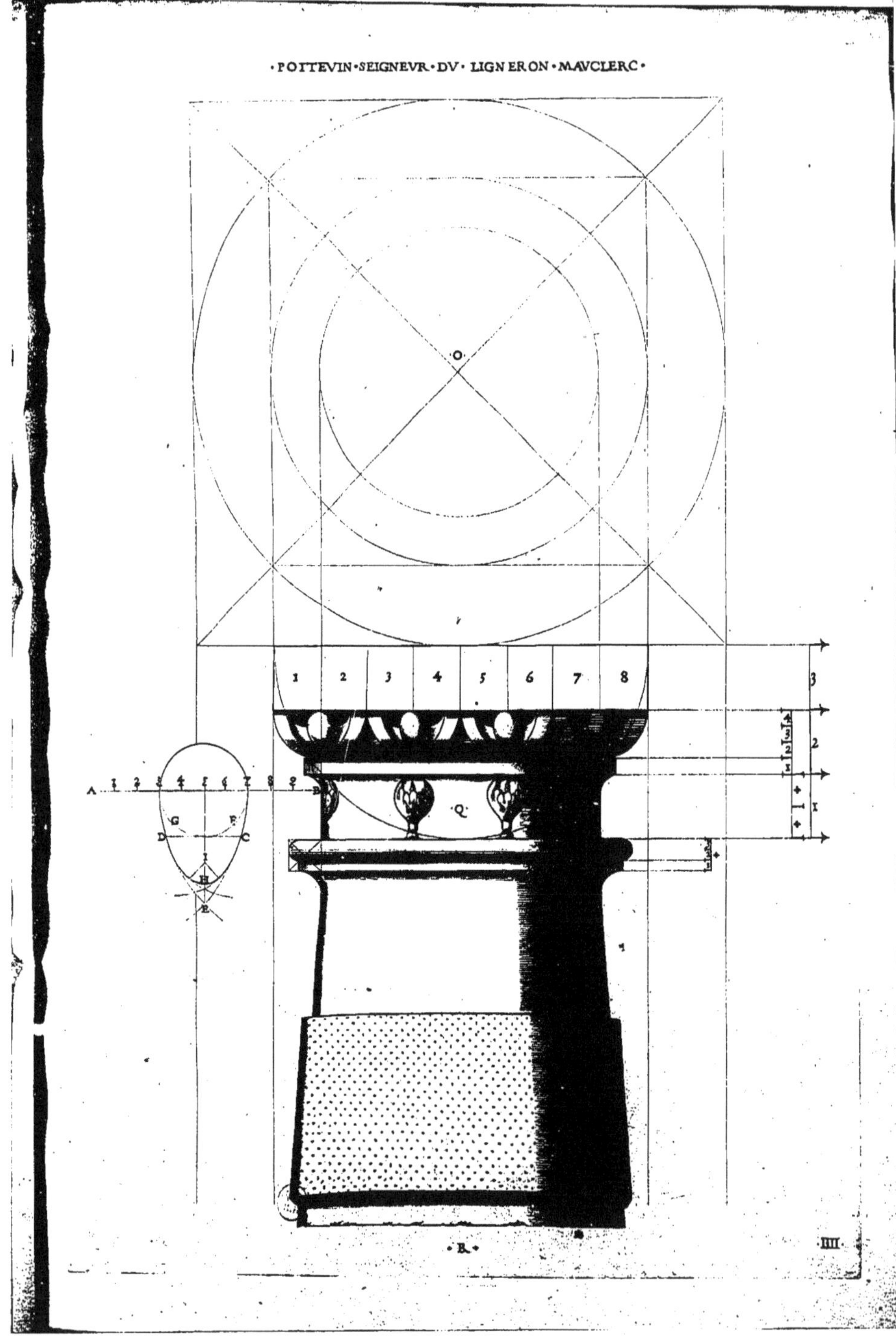
O
1
2
3
4
5
6
7
8
A
B
C
D
E
F
G
H
I
Q
3
2
1

• ARCHITECTVRE • DE • IVLIEN • MAVCLERC • GENTILHOME •
4
2
I
I
2
3
3
I
2
4
S
2
6
4
I
3
2
I
V
B

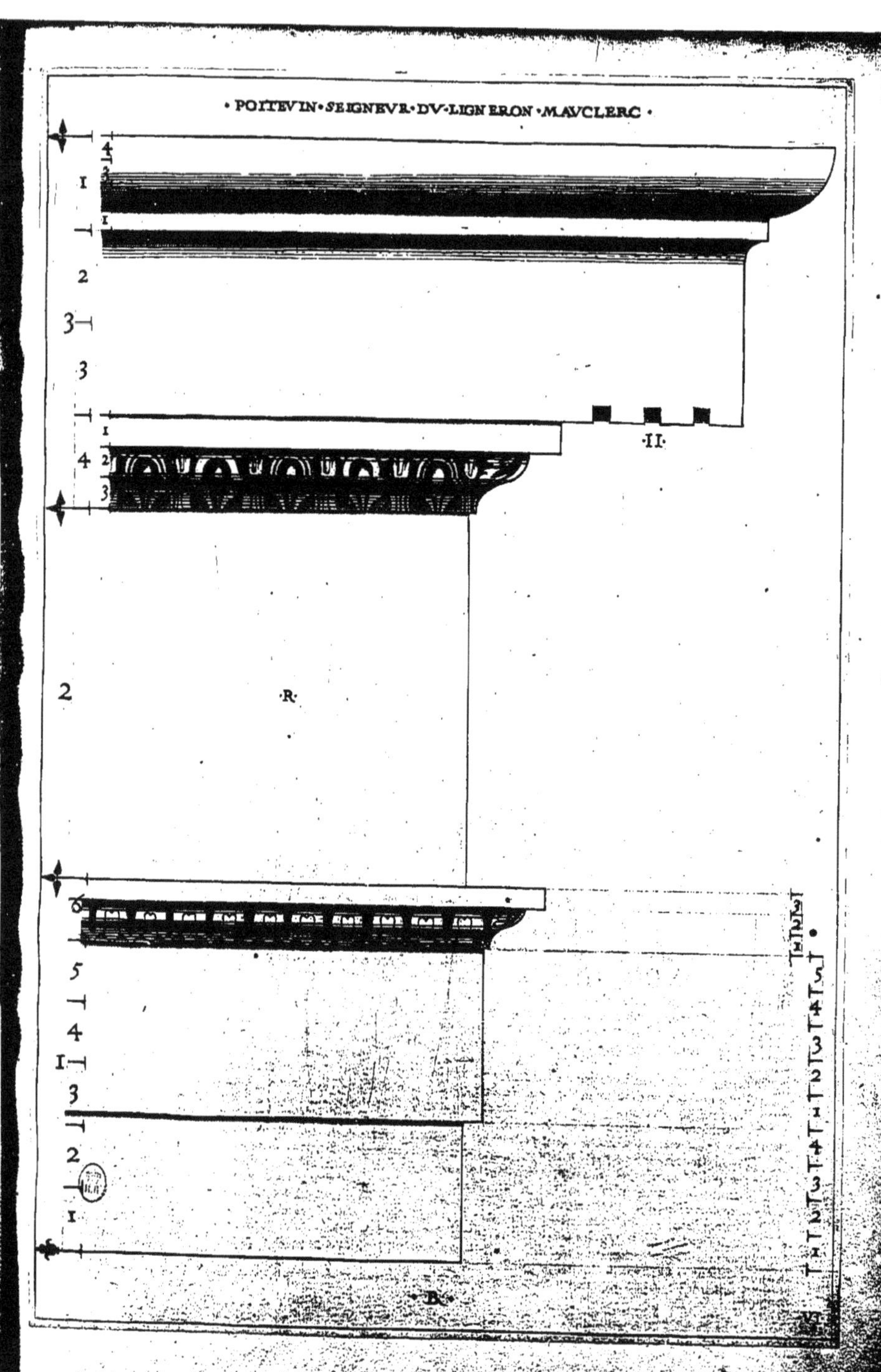

· POITEVIN · SEIGNEVR · DV · LIGNERON · MAVCLERC ·
·II·
·R·
·B·
VI

TRAITE DE L'ORDRE DORIQVE.

CHAPITRE II.

LA seconde Colonne, qui est Dorique, est comparée à vn Geant, d'autant qu'elle est grosse, forte & robuste : La hauteur d'icelle soit diuisée en huit parties, dont les deux feront la hauteur de la stilobate. Mais ses deux parties se diuisent en trois autres : l'vne pour la grosseur du tronc de la Colonne par embas : & sept telles parties feront la hauteur d'iceluy, auec sa cimaize & son chapiteau. Et par ainsi le tronc cotté par A. auec la stilobate iointe à iceluy aura en hauteur dix pars : partissez la grosseur du tronc en quatre parties, deux d'icelles y adiointes, font la largeur de la stilobate : & puis vous adiousterez à chacun costé vne partie pour la grosseur ou proiecture de la Cimaize du tronc, ou de la stilobate. La hauteur de la stilobate cottée B. se diuise en sept pars : dont les deux exterieures font la superieure & l'inferieure cimaize : les cinq pars restantes, feront vn quarré selon la largeur de la stilobate. Le diametre ou ligne diagonale d'iceluy, sera la hauteur de la stilobate entre les deux cimaizes : Soit diuisée la cimaize d'embas cottée du costé senestre par C. en deux parties ; vne, pour le plinthe : l'autre diuisée en trois, deux pour le thore ; la tierce soit donnée au filet ou quarré sur ledit thore. Mais celle du dextre cottée par D. qui est d'vne autre façon, soit aussi diuisée en deux parties ; dont l'vne sera le plinthe, la seconde pareillement diuisée en deux ; dont l'vne partie soit donnée au thore d'embas ; & l'autre soit diuisée en trois, deux pour le thore, & la tierce pour le filet. Mais la saillie de chacun est en quarré. La proiecture de chaque cimaize cottée E. sera la sixiesme partie de la largeur de la stilobate : La senestre & superieure cimaize de la stilobate cottée F. soit diuisée en cinq parties ; vne, pour l'astragalle, deux pour la cime ou talon, & les deux autres pour le plinthe, diuisées derechef en trois. La cimaize de la stilobate à la main dextre cottée G. soit diuisée en quatre parties ; vne, pour l'astragalle, deux pour le talon ; le restant pour le plinthe. La cimaize du tronc, autrement nommee baze, qui est posée sur la stilobate cottée H. est de la demie grosseur du tronc, estant diuisée en trois, vne partie pour le plinthe, le restant soit parti en quatre, vne partie pour le thore d'en-haut ; le restant soit diuisé en deux parties egales, vne sera donnee au thore d'embas ; l'autre au trochille, ou scotie. Et apres auoir diuisé cecy en sept pars, vous en ferez deux regles ou filets, auec lesquelles il est clos. La regle du tronc par bas cottée I. se fera en cette maniere : Partissez la largeur du tronc en quatorze parties ; prenez en la moitié d'vne quatorziesme partie pour la largeur, & l'autre moitié pour la saillie ou proiecture. La saillie du restant se fera ainsi qu'il est noté en l'Ignographie du tronc au dessus du grand chapiteau. Le retrecissement du tronc de la colonne cotté par K. sera d'vne part & d'autre d'vne quatorziesme partie, comme il est dit cy-deuant de la Toscane : afin que le haut du tronc ait douze parties en grosseur. La hauteur du chapiteau cottée par L. est la moitié du tronc en bas : diuisez-en trois parties ; vne pour le Zophore ou frise ; l'autre pour l'eschine & la tierce partie, pour le quadre ou tailloir. La moitié de la Frise sera la tenia ou astragalle, dessous la Frise. La tierce partie d'embas de l'eschine, sera le filet : & puis la tierce partie du quadre, c'est la cime ou talon. La proiecture du Chapiteau cottée M. sera telle que chaque part saille vn quarré. Ie ne mets icy que d'vne sorte de chapiteau dorique, par ce que ceux qui seront plus curieux d'en rechanger, auront recours si bon leur semble au quatriesme liure de Sebastien Serlio, chapitre sixiesme, où ils en trouueront nombre, qu'il dit auoir trouué entre les antiquitez d'Italie. Ce que i'ay bien voulu alleguer pour aduertir ceux qui en voudront vser : à celle fin qu'ils choisissent ceux qui leur seront les plus agreables, & au contentement de leurs esprits, s'ils ne sont satisfaits des deux sortes icy descrites. Dessus le chapiteau on assied l'épistille ou architrabe cottee N. qui à la demie grosseur du tronc. La septiesme partie d'iceluy est la tenia, & a autant de saillie comme le tronc de retrecissement : Et on l'assied comme il appert en cette figure. S'ensuit le Zophore ou frise cottée O. La hauteur d'icelle du costé dextre est de trois parties telles comme les deux de l'architrabe. La tierce partie de la frise se diuise en trois, vne sera le filet, dessus le trigliphe qui se fait en cette maniere. Sa hauteur depuis l'architrabe iusques au filet d'en haut, soit diuisée en trois parties, dont les deux feront la largeur de la frise & trois la hauteur. La demie largeur soit diuisée en six parties : vne pour la fascie, deux pour le Plinthe, & deux pour le canalet. Sa grosseur sera de telle mesure qu'elle est notée en cette figure par la lettre O. De l'vn trigliphe à l'autre sera vn quarré parfait. Esquelles espaces cottées P. quand pour plus grand ornement on les voudra enrichir ; on y taillera testes de boeufs, auecques plats ou escuelles nommés de Vitruue Methopes, & non sans signification. Car les antiques voulant faire sacrifice de Taureau vsoient aussi de plats ou escuelles : & poserent telles choses pour enrichissemẽt à l'entour de leurs Temples. Au dessous du trigliphe sont penduës six guttes cottées par Q. lesquelles auront en largeur la sixiesme partie de la hauteur de l'Architrabe. Le filet ou regle dont elles dépendent est la quarte part des guttes.

Dessus la frise au costé dextre, assied & met-on la corniche cottée R. qui est d'vne mesme hauteur auec l'architrabe. La Corniche se partira premierement en deux parties : dont la premiere soit diuisée en quatre : vne pour la sime, deux pour la Corniche le restant pour la petite sime qui est posée dessus. La seconde partie diuisée en sept, est la sima ou doucine qui se met sur la corniche. Et vne septiesme partie y adioincte sera le filet sur la sime : sa saillie doit estre quarrée. Mais la saillie de la corniche dessus la sime se fait en cette maniere. L'Architrabe soit diuisée en trois parties : les deux seront la proiecture de la Couronne.

Le costé senestre cotté S. se fait en cette maniere. Partissez l'architrabe en trois parties, quatre de telles parties feront la hauteur de la frise, & de la mesme hauteur sera aussi la corniche. La dixiéme part de la frise sera le filet dessus le trigliphe. Mais vous partirez le trigliphe, comme il est dit cy-deuant, en la frise du costé dextre cottée O. La corniche soit diuisée en neuf parties, dont les deux se donneront aux deux fascies : vne partie sera donnée au thore ou eschine : deux aux mutiles ou modillons, deux à la couronne : deux à la sima ou doucine. Les modillons ou mutiles diuisez en trois, vne partie sera pour la sima, qui est sur les mutiles : & la saillie d'enhaut se fait aussi en telle maniere, les deux parties d'en bas qui se donnent aux fascies, soient diuisées en six parties : deux pour la fascie inferieure : trois pour la fascie superieure : le restant pour le filet dessous le thore ou eschine. Les mutiles cottez T. se font en cette maniere : le thore ou eschine à commencer dés le milieu iusques à l'extremité, au costé senestre, soit diuisée en six parties : vne pour le demy mutile, trois entre deux : & deux pour le modillon entier : trois pour la proiectu-

Hauteur du tronc de la colonne cotté A.
Hauteur de la stilobate cottée B.
Diuision de la Cimaize basse de la stilobate du costé senestre cotté C.
Diuision de la Cimaize basse de la stilobate du costé dextre cottée D.
Proiecture ou saillie de chaque Cimaize cottée E.
Diuision de la superieure Cimaize de la stilobate du costé senestre cottée F.
Diuision de la cimaize haute de la stilobate à la main dextre cottée G.
Diuision de la baze ou Cimaize du tronc cottée H.
La largeur & proiecture de la regle du tronc de la colonne cottée I.
Retrecissement du tronc de la colonne cotté K.
Hauteur & diuision du chapiteau cotté L.
Proiecture du chapiteau cotté M.
Diuersité de chapiteaux doriques.
Diuision & proiecture de l'epistille ou Architrabe cotté N.
Hauteur & diuision de la frise, cottée O.
De l'espace requis aux Methopes que l'on assied entre les trigliphes & de leurs enrichissements, cotté P.
Hauteur & diuision des Guttes cotté Q.
Hauteur & diuision de la corniche au costé dextre cot. R.
Hauteur & diuision de la corniche au costé senestre cotté S.
Diuision & proiecture des Modillons ou mutiles cot. T.

re, mais toutes les autres parties faillent en quarrure. Mais si vous voulez strier ou canaler la colonne, vous ferez vingt-quatre stries ou gueulles cottées V. & vous les cauerez en la maniere que vous voyez en l'Ignographie ou plate-forme estant sur le grād chapiteau enrichy, accompagné de sa baze signée cc. Et comme il appert aussi au tronc de la colonne en ladite cotte V. C'est que de l'vn costé à l'autre de l'espace des stries ou gueulles, sera tirée vne ligne droite, laquelle sera le costé d'vn quadrat: & ledit quadrat ou quarré accomply, on assiera au centre d'iceluy, cotté 1. le pied centrique du compas: & auec l'autre pointe l'on touchera l'vn & l'autre anglet cotté 2. & 3. & circuissant l'on fera sa iuste caueure: laquelle fera la quatriesme partie d'vn cercle: comme il est demonstré en la susdite ignographie ou plate-forme pour les striates qui se font à viue areste. Mais les gueulles ou stries des colomnes qui sont accompagnées d'vne platte bande ou filet, appellé de Vitruue strix sur la fin du troisiéme chapitre de son quatriesme liure, sera ladite strie diuisee en cinq parties, dont les quatre seront donnees à ladite gueule ou strié: Et la cinquiesme restāt au filet ou platte bande, suiuant ce qui sera plus à plein declaré au traitté de l'ordre Ionique, en l'ignographie du grand chapiteau enrichy, cotté N. & son ignographie cotté S. Mais si quelquefois l'on vouloit faire vne colonne delicate sembler estre grosse & materielle, il conuiendra faire vingt-huit stries ou gueulles.

La maniere de faire les striures ou canelures cotté V.

La dimension faite comme il est dit cy-dessus, la colomne aura sa vraye symmetrie & proportion, comme il appert en la figure d'icelle cy-apres dépeinte.

Et pour rendre la pratique & vsage des membres de ladite colonne cy-dessus particularisez, plus faciles au lecteur & artisan, curieux à bien exactement obseruer les mesures & proportions qui si doiuent garder; Il trouuera cy-apres en grand volume vn piedestal cotté au milieu de son massif de la lettre Y. Et en l'autre part du fueillet, au costé dextre dudit piedestal, vne baze & chapiteau en grand volume, de proportion conuenable à la grandeur dudit piedestal, signé de Z. Par dessus lequel chapiteau est la moitié de l'ignographie ou plan d'iceluy: de laquelle l'artisan pourra tirer autant de commodité, que si elle estoit entiere: Ce qui ne s'est peu trouuer à l'occasion de l'incapacité de la planche, sur laquelle sont grauez lesdits baze & chapiteau. Plus s'ensuiura aux autres deux pages suiuantes deux diuers architrabes, frise & corniches, aussi en grand volume, garnies de leurs enrichissemens requis, selon l'antiquité de l'ordre Dorique, dont l'vn desquels pourtraits contenant l'architrabe frise & corniche à la main dextre sera cotté en sadite frise & au milieu d'icelle de deux AA. où l'on verra desseigné en petit tout l'ornement de ladite frise, & l'autre estant vis à vis au costé senestre de deux B B. où l'on verra pareillement desseigné en petit les soubassements desdites corniches qui pour l'incapacité de la planche n'y ont pû estre en leur iuste proportion, ceux qui s'en voudront seruir les reduiront comme il est conuenable.

Antiquité de la Colonne Dorique deuxiesme en ordre.

QVand à l'origine & antiquité de cette colonne Dorique & des premiers edifices qui en ont esté ornez, il m'a semblé bon d'en faire mention en ce chapitre, pour releuer le curieux lecteur de peine de lire plusieurs excellens autheurs qui en ont escrit: Entr'autres le tres-excellent Vitruue, au premier chapitre de son quatriéme liure. Là où il escrit que ladite colonne Dorique, est la premiere & plus ancienne que nulle des autres: laquelle fut premierement inuentee d'vn Prince nommé Dorus, Seigneur d'Achaie & Peloponense en Grece. Car ledit Dorus edifia premierement par cas fortuit, vn temple de celle forme en la Cité d'Argos, & en apres autres tels en plusieurs autres villes dudit pays (n'estant encore lors trouuee la symmetrie, proportion & compartition des mesures.) Mais par apres ceux d'Athenes auec leur Capitaine Ion, Fils de Xunthus, faisant guerre en Asie, conquesterent le pays de Carie, & le nommerent Ionic, suiuant le nom dudit Ion: & ayant commencé à bastir Temples à leurs Dieux, ils edifierent le premier à Apollon, à la similitude & façon de ceux qu'ils auoient veus en Achaie. Et cedit Temple d'Apollon fut par eux nommé Dorique, à cause qu'ils en auoient veu vn tel au pays de Dorie. Mais ainsi qu'ils vouloient en cedit Temple poser & dresser les colonnes, ils ne trouuerent aucune proportion, mesure, ny symmetrie certaine: & cherchans moyen d'en faire, lesquelles peussent porter grand charge, & neantmoins estre plaisant à voir; il prindrent la dimension sur le pied de l'homme, qu'ils trouuerent estre la sixiéme partie d'iceluy; qu'ils transporterent & aproprierent à ladite colonne: de sorte que la mesure du tronc d'icelle fut par eux éleuee, de six fois le diametre du tronc d'icelle par embas; en y comprenant son chapiteau. Par ainsi prit la colōne dorique premierement sa proportion & mesure, selon la grosseur & robuste stature d'vn homme: DECORANT les edifices & structures d'vne façon agreable à voir, & ferme & robuste, à laquelle depuis pour plus grande gayeté, luy à esté adiousté vn diametre d'auantage par les modernes, qui sont sept diametres; laissant les six pour la hauteur de la Toscane, la plus grosse & robuste de toutes les colonnes.

Aduertissement notable aux simples artisans ayās seulement la main & la pratique de la regle & compas.

Mais pour plus ample intelligence aux artisans de bonne volonté, cōme cy-deuant dit, ils trouueront aux costez d'icelles, c'est à sçauoir de celles qui sont desnuees de chiffres & caracteres deux lignes perpendiculaires; l'vne desquelles estant au costé dextre de cestedite Dorique cottee par deux CC. & deux DD. en ses extremitez, & celle du costé senestre de deux EE. & deux FF. chacune diuisee en quinze parties egales, supposees chacune d'icelles parties pour vn pied, & chacun desdits pieds diuisez en douze petits points, pour demonstrer les douze pouces, que doit contenir le pied de roy: l'vn desquels pouces pourra estre diuisé en douze autres parties pour par ce moyen pouuoir plus exactement trouuer les proportions & mesures desdites colonnes: Par le moyen desquels pieds & pouces, contenus esdites deux lignes perpendiculaire, & paralelles, posant vne regle sur lesdites deux lignes trauersante de chacun des chiffres contenus en l'vne & l'autre desdites perpendiculaires, commençant par embas au piedestal à neuf pouces pardessus les trois pieds marquez esdites deux lignes perpēdiculaires des chiffres 1. 2. 3. Qui est l'entiere hauteur dudit piedestal, y compris ses cimaises hautes & basses, à quinze pieds de hauteur: ladite colonne cōprenant tous ses mēbres, c'est à sçauoir, le piedestal, baze, tronc de la colonne, chapiteau, architrabe, Frise & corniche: Ce que continuant ledit artisan en montant vers le sommet & corniche de ladite colonne, trouuera les mesures de tous les membres particuliers en ladite colonne, comme aussi en toutes autres hauteurs de colonnes proposees, sans changer de portraict, changeāt seulement d'autres lignes perpendiculaires comme si au lieu de quinze pieds, qu'auons supposez pour exēple, lesdites lignes perpendiculaires estoient diuisees par 20. parties, signifiant vingt pieds, & chacun pied en douze pouces, cōme il est dit cy-dessus. Et consequemment ainsi de toutes autres hauteurs, qui seront proposées ausdits artisans, qui n'auroient la connoissance des lettres: ains seulement la pratique de la regle & cōpas; pourront par ce moyen s'ayder desdits portraits de colonnes, & s'en seruir à toutes telles hauteurs que bon leur semblera, sans alterer ne corrompre les mesures & proportions d'icelles: chose de grand profit & vtilité aux pauures simples artisans, qui n'ont esté nourris aux lettres. Ce que i'ay bien voulu adjouster à la fin de ce chapitre de cette colonne Dorique, suiuant la promesse par moy faite au premier Chapitre de l'ordre Toscane: pour l'vtilité que ie connois qu'en peuuent tirer les simples artisans, au plaisir & contentement de ceux qui les mettront en besongne. Ie me suis auisé pour l'vtilité & soulagement desdits artisans, d'adjouster ledit aduertissement à la fin de chacun chapitre de chacun ordre desdites colonnes. D'autant que celuy qui n'auroit affaire que de deux ordres de colonnes, comme, pour exemple de la Dorique & de l'Ionique, se voulant passer des autres, s'il n'estoit descrit qu'à la fin du premier chapitre dudit premier liure, & à la fin du second, suiuant madite promesse; en seroient par ce moyen lesdits artisans frustrez, s'ils n'auoient recours ausdits precedens chapitres, comme aussi moy de la volonté que i'ay de les enseigner à bien faire, suiuant la trace de la curieuse recherche des mesures que ces bons anciēs architectes ont tant eu de peine à trouuer esdites colonnes pour les amener à perfection de leur excellente beauté, pour la decoration des plus superbes Temples & magnifiques Palais, qui se soient peu edifier, ny qui se puissent par cy-apres propenser ne projecter.

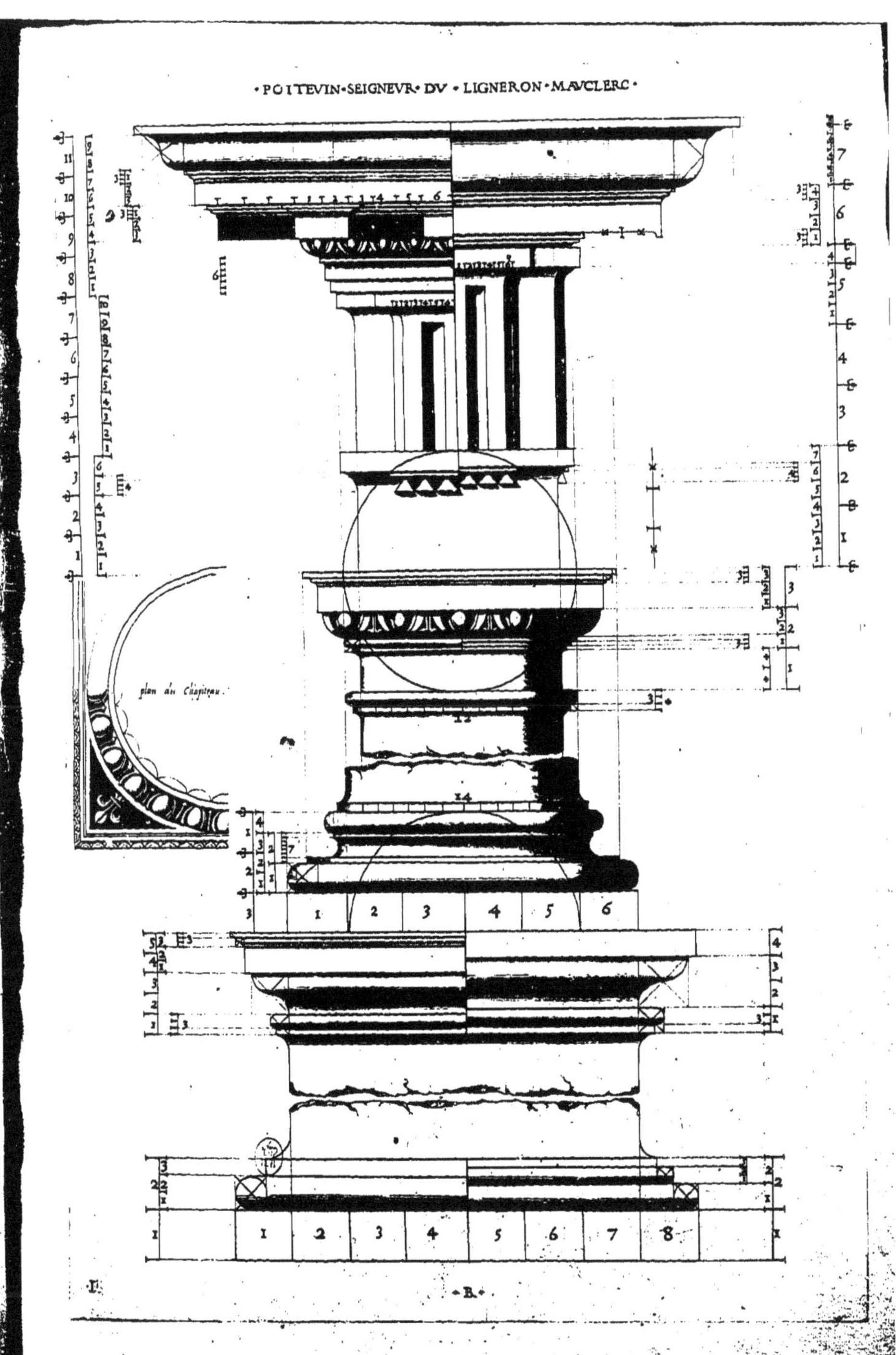
plan du Chapiteau

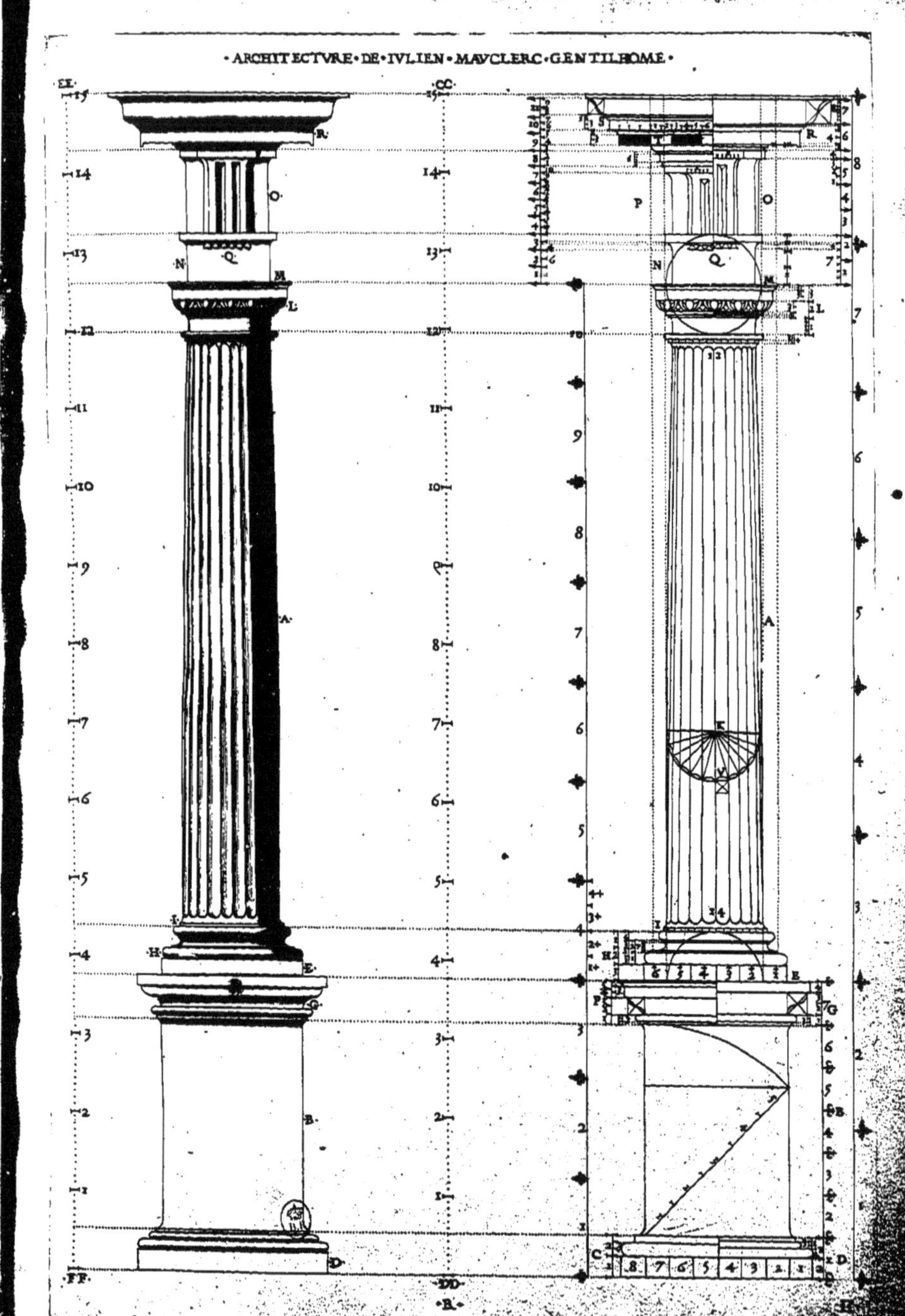
· ARCHITECTVRE · DE · IVLIEN · MAVCLERC · GENTILHOME ·

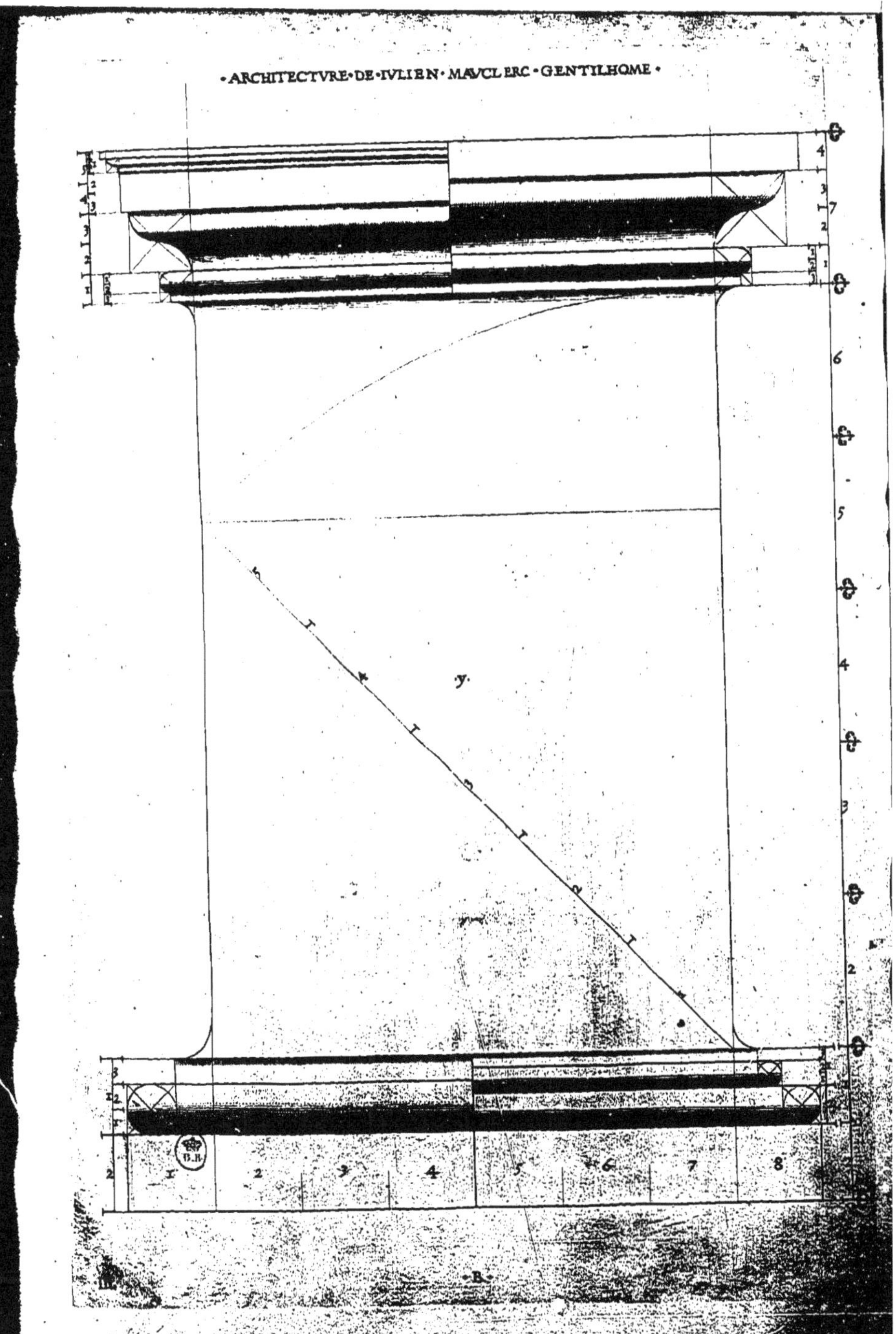

· POITEVIN · SEIGNEVR · DV · LIGNERON · MAVCLERC ·

· GG ·

· Z ·

· R ·

· ARCHITECTVRE · DE · IVLIEN · MAVCLERC · GENTILHOME ·
AA
Frise
Triglife
Metope
V
R

· POITEVIN · SEIGNEVR · DV · LIGNERON · MAVCLERC ·
·BB·
Plat ou Escuelle qui se met entre les Triglifes et Metopes
Soubassement de Cornicke en plus petit.
icy et met au dessus des Triglifes.
au dessus des Metopes.
·R·
VI

TRAITE' DE L'ORDRE IONIQVE SANS PIEDESTAL.

CHAPITRE III.

LA tierce Colonne nommée Ionique sans piedestal, se fait à l'imitation la statuë du corps feminin. La totale hauteur de laquelle cottée par A. se partira en sept parties: Desquelles vne partie (nottée par la lettre *A.* Italique) soit diuisée en vingt-deux portions, qui est la totale largeur du Plinthe en bas, & desquelles vingt-deux portions sera en apres delaissé à chacun costé d'iceluy Plinthe trois parts pour faire sa proiecture ou saillie, ensemble de la baze de ladite Colonne: Mais les seize parties restantes sont pour la grosseur du tronc de la Colonne B. la hauteur duquel auec la cimaise & chapiteau a huict pars de la grosseur dudit tronc.

Hauteur & total de la Colonne auec ses membres, cottée A.

Hauteur du tronc de la colonne, cottée B.

La baze cottée C. a la demie hauteur de la grosseur du tronc, & soit diuisée en trois parties, dont l'vne est la hauteur dudit plinthe; les deux parts restantes soient diuisées en sept parties, trois pour le thore superieur, le restant soit diuisé en huict parties: deux pour les deux astragalles du milieu, & la moitié d'vne partie sera pour chacun des filets qui se mettent tant sur le plinthe, que dessus & dessous les astragalles. Mais celuy de dessous le thore tiendra les deux pars d'vne desdites huict parties, comme il est amplement demonstré en la figure de la grande baze enrichie, cottée au dessous de son plinthe, & au milieu d'iceluy de la lettre D. Le filet qui se met sur le thore de la baze de la colonne cottée D. se fait en cette maniere: Partissez la largeur du tronc en douze parties; vne partie de chacun costé sera le retrecissement du tronc ou verge de la colonne: & la moitié d'vne partie sera la largeur du filet, & la proiecture ou saillie d'iceluy: les parties restantes auront leur proiecture & saillie, comme il est monstré plus à clair en la figure de la baze, estant au costé senestre de cette dite colonne mise & figurée en plus grande forme, que trouuerez cottée en son Plinthe de la lettre N. suiuant la cotte de la baze enrichie cy-dessus descrite. En la sommité de la verge ou tronc de la colonne on met le chapiteau marqué E. qui se fait en cette maniere: Partissez la largeur de la verge en bas en dix-huict parties, lesquelles vous mettrez en la sommité du chapiteau, adjoustant à chacun costé vne moitié: mais la regle ou filet, auquel sont ces dix-huict parties, doit auoir la largeur d'vne moitié, vne de ces parties fait la cima, tellement qu'elle soit large vne partie & demie, auec le filet. De ces dix-huict parties du filet, en appliquerez neuf au costé dextre du chapiteau, & les distriburez de telle sorte, qu'vne partie soit pour la sima, deux pour le trochille de la volute, deux pour leschine orné des yeux de berbiettes; vne soit pour l'astragalle, auec perles, & les trois parts restantes soient attribuées au demi-cercle d'embas dessous la volute: prendrez quatre de ses dix-huict parties qui font le Zophore ou frise: mais en la sommité de la verge ferez vn tenia, qui aura en hauteur la douziéme partie de la largeur de la verge, dont la troisiéme part est le filet; & le restant soit donné à l'astragalle, ayant la proiecture egale à sa hauteur; & pour plus claire intelligence dudit chapiteau, j'en feray au costé senestre de cettuy-cy, vn autre en beaucoup plus grande forme, & par ce moyen fort intelligible, lequel trouuerez cotté au milieu de son trochille de la lettre O. La volute cottée F. se fait en la forme & maniere qu'elle est declarée en la formation de la grosse volute du chapiteau mis & dépeint au costé senestre de ladite colonne cottée de ladite lettre O. en son trochille. Pour le retrecissement de la verge, la colonne cottée G. depuis la cymatie d'en bas, soit diuisé en six parties egales, dont en laisserez les deux: mais dés la deuxiéme partie de la verge d'embas, allant à mont, tirerez de chacun costé lignes droites, & trauersantes par chaque partie de cette diuision par six: Et apres auoir tiré toutes ces lignes, ferez dessus la ligne de la deuxiéme partie, vn demi-cercle, depuis vn bout de la largeur du tiers de la verge, iusqu'à l'autre. Apres ce, partirez l'arc du demi-cercle, qui est compris entre les lignes dressées à mont en quatre parties egales, lesquelles conioindrez par lignes trauerses: tellement que la premiere & plus haute d'icelles touche la ligne qui est enleuée dés la douziéme partie, au lieu auquel elle fait le cercle. Et quand cette ligne ainsi dressée & erigée vient toucher iusqu'au bout de la sixiéme part de la verge, tirerez aussi les lignes hors les autres sections & partitions du cercle: & elles s'accorderont auec icelles. Ces lignes estans ainsi tirées, tirerez dedans le demi-cercle les lignes du retrecissement, comme il est à voir en cette figure. Et par cette maniere se peut conuenablement retrecir la Colonne, comme il est plus amplement declaré au premier chapitre de ce dit premier liure traitant de l'ordre Toscane. Sur le chapiteau on assied l'epistille ou architrabe cotté H. ayant la hauteur de la demie grosseur de la verge en bas. Cet Architrabe soit premierement diuisé en sept parties, vne soit donnée à la cima, tellement que le tiers d'icelle soit pour le filet: les six parts restantes seront parties en douze; trois parts pour la fascie d'embas; quatre pour celle du milieu, & cinq pour celle d'enhaut; & ayant leur saillie & assiette comme demonstre cette figure. S'ensuit la frise cottée I. de la mesme hauteur que l'architrabe: & soit diuisée en neuf parts; vne d'icelles est vne petite sime sous le d'entillon, le tiers du restant est pour le filet, & les deux autres parties font la sima. Sur la sima on assied les dents quadrangulaires cottée K. au costé senestre, dont la hauteur est egale à la fascie du milieu de l'architrabe, & la saillie accordée auec la hauteur: leur largeur est la moitié de la hauteur, & deux tiers de la largeur font l'espace qui est entr'eux deux. Au d'entillon soit adjoutée vne petite cimatie, qui soit haute vne sixiéme part d'vn d'entillon. Le tiers d'iceluy est le filet, le restant est la sima, qui doit saillir en quarré. En apres se fait la couronne cottée L. qui est aussi haute comme la fascie du milieu de l'architrabe; le tiers d'icelle est la sima; & le restant, la fascie; la proiecture de laquelle est egale à la distance qu'il y a du Zophore à l'extremité desdites dents, ou denticules quadrangulaires, comme il est demonstré par les figures d'icelles M. en haut sur l'extremité de la couronne on assied la corniche cottée M. qui est aussi haute comme la hauteur de la moyenne fascie de l'architrabe (ce que nous auons marqué d'vne croix) y adjousté vne septiéme partie de la corniche, qui est pour le filet, le restant pour la sima: la saillie du filet, sera egale à la hauteur.

Hauteur & diuision de la baze de la colonne cottée C.

Diuision, hauteur & proiecture du filet qui se met sur la baze de la Colonne cottée D.

La maniere de faire & former le chapiteau Ionique, comme il appartient, cotté E.

Maniere de former la volute du chapiteau, cotté F.

Retrecissement de la verge ou tronc de la colonne cotté G.

Hauteur & diuision de l'epistille ou architrabe, cotté H.

Hauteur & diuision de la frise, cottée I.

Hauteur & diuision des dents, cottée K.

La hauteur, diuision & proiecture de la couronne cottée L.

Si vous voulez strier ou canaler la Colonne, vous partirez le tour ou circonference d'icelle en vingt-quatre parts, & vne d'icelles soit diuisée en cinq, dont vne cinquiéme est la strie ou gueule, & le restant sera pour le strix, ou canalicule. Et ce faisant aurez accompli la vraye symetrie & proportion de cette Colonne, selon l'vsance qu'en ont mis en pratique les tres-excellens Antiques Romains, & autres excellentes Republiques.

C

Et pour plus ample declaration à mettre en pratique les membres de ladite Colonne cy-dessus descrits & particularisez és deux prochains pourtraicts de l'ordre Ionique (sans piedestal) sera trouué és deux pages suiuantes en grand volume vne baze & chapiteau garnis de leur enrichissement & ignographie ou plan. Par le moyen desquels chapiteau & baze enrichis, l'Artisan curieux sera amplement instruict de la decoration desdits membres particuliers, si & quand il luy conuiendra en vser, & que les occasions s'y offrirōt. Laquelle baze sera cottée au dessous de son plinthe & au milieu d'iceluy de la lettre P. Et au dessus d'icelle baze, vous trouuerrez la Volute designée en grand, selon la regle de Vignole, & se fait comme il est icy descrit: Faut tirer vne ligne perpendiculaire, de luy dite cathette, & la diuiser en seize parties egales, desquelles neuf seront pour la part du haut, & sept pour la part du bas; & à cette separation A. sera le centre de la Volute. Apres faut tirer trois autres lignes trauersantes, qui coupperont ce centre, & partageront sa circonference en huict parts: & puis faire le triangle comme il est icy à costé, assez aysé à comprendre sans autre description. Seulement ie diray, que sa ligne B. C. aura les neuf parts cy-dessus dites; & la ligne C. D. les sept parts. L'autre ligne sans mesure acheuera le triangle, auquel faut marquer les vingt-cinq chiffres, qui doiuent seruir de proportion: Puis posant le compas d'vne pointe sur le centre de la Volute, estendre l'autre au chiffre 1. Apres poser le compas au coing du triangle C. & l'autre pointe au chiffre 2. & rapporter cette mesure du centre de la Volute à la ligne au chiffre 2. Puis r'ouurant le compas, le poser sur le chiffre 1. faire de son autre pointe vn petit cerne vers le centre de la Volute A. & sans r'ouurir le Compas, le posant sur ce chiffre 2. de la Volute; & où l'autre pointe coupera ce petit cerne, sera le centre de la premiere portion de la circonference de la Volute E. Et puis derechef poser vne pointe du compas au coin du triangle C. & l'autre au chiffre 3. & porter cette mesure du centre de la Volute à la ligne du chiffre 3. & puis poser la pointe du compas sur le chiffre 2. de la Volute, & l'autre iusqu'à son centre, y faire vn autre petit cerne, & reposant la pointe du compas sans l'ouurir ny fermer, sur le 3. & de l'autre au petit cerne, où il coupera sera le centre de la deuxiéme portion de la Circonference; & ainsi continuant iusqu'à vingt-cinq, la Volute ira à sa perfection. Le petit cercle qui est au bas du triangle, est la grandeur qu'il faut donner à l'œil de la volute. Si l'on veut obseruer l'épaisseur de la Volute E. son commencement à la largeur de la moitié de l'œil: Mais pour conduire sa circonference, l'ayant commencée au chiffre 1. en fermant vn peu le compas, elle aura sa iuste diminution, suiuant de mesme à chaque portion de Circonference.

Maniere de former la volute, selon Vignole.

Et à costé est desseigné vne Imposte, & le chapiteau de la lettre Q. au dessous de son astragalle, & au milieu d'iceluy: Puis s'ensuiura en l'autre prochaine page vn pourtraict contenant l'Architrabe, Frise & Corniche, de proportion conuenable à ladite baze & chapiteau, estans en grand volume, aussi garnies de leurs enrichissemens conuenables, selon ce que i'en ay peu recueillir de l'antiquité. Lequel pourtraict auons cotté au milieu de sa frise de la lettre R. auec l'ornement d'icelle, desseigné en petit à costé de la grande. Comme aussi la moitié de ladite ignographie ou plate-forme dudit chapiteau de la lettre S. au milieu de son diametre.

Antiquité de la Colonne Ionique, troisiéme en ordre, sans piedestal.

COmme i'ay declaré au precedent sommaire de l'antiquité de la Colonne Dorique, aussi pareillemēt ne veux-je obmettre de déetire en cet endroit l'antiquité de la Ionique, laquelle estant trouuée par les Architectes anciēs, voulās edifier vn Tēple à la Deesse Diane, cherchant vne nouuelle maniere d'edifier, ils adjouterēt à ladite Colonne Ionique vn diametre dauātage qu'à la Dorique, luy donnant par ce moyen huict diametres de la grosseur de son trōc pris par bas, y compris la baze & le chapiteau, pour la rendre par ce moyen plus allegre & suiuant la forme feminine, que la precedente Dorique, prise & extraitte de la forme virile & robuste. Sous la baze de ladite Colonne ils poserent vn piedestal ou souhassement, qui signifioit les souliers & pantoufles. Au chapiteau, ils apposerent les volutes, denotans par icelles les perruques & cheuelures pendantes au costé dextre & senestre: Et puis ils ornerent les chapiteaux auec cymaises & autres enrichissemens, qui representoient la couuerture & decoration du front. Tout le tronc desdites Colonnes estoit aussi engraué de haut en bas, de stries ou gueulles en façon de canalet, denotant les plis d'vn habillement de femme, long iusques aux talons. Et par ainsi fut l'inuention desdites Colonnes double, en difference, comme il est dit cy-dessus, l'vne imitant la forme d'vn homme estant nud, & sans aucun ornement: Et l'autre imitant la forme feminine, monstrant plus grande gayeté & delicatesse.

Aduertissement notable aux simples Artisans, ayds seulement la main & la pratique de la regle & compas.

Mais pour plus ample intelligence aux Artisans non lettrez, pour s'aider desdites mesures à esleuer colonnes ou pilastres, soit tant pour la decoration des deuans des logis, portiques, portes, fenestres, lucarnes, & autres chefs-d'œuures qu'ils voudroient enrichir de colonnes ou pilastres: prenant auis aux deux costez de l'vne des colonnes cy-apres dépeintes de cedit premier ordre Ionique sans piedestal, comme aussi pareillement des autres suiuans, soit tant de l'ordre Ionique auec piedestal, Corinthe, que Composite: c'est à sçauoir de celles qui sont desnuées de chiffres & caracteres, pour les mener en leur apparente perfection: Il trouuera au costé d'icelle, deux lignes perpēdiculaires: l'vne desquelles estant au costé dextre de cette dite Ionique sans piedestal, cottées des lettres T. V. en ses deux extremitez; & celle du costé senestre de X. Y. chacune diuisée en dix parties egales, supposées chacune d'icelles parties, pour vn pied: & chacun desdits pieds diuisez en douze petits poincts, pour demonstrer les douze pouces que doit contenir le pied de roy. L'vn desquels pouces pourra estre diuisé en six, ou en douze autres parties; pour par ce moyen pouuoir plus exactemēt trouuer les proportiōs & mesures desdites Colonnes. Par le moyen desquels pieds & pouces contenus esdites deux lignes perpendiculaires & paralelles, posant vne regle sur lesdites deux lignes trauersantes de chacun des chiffres, contenus en l'vne & en l'autre desdites perpendiculaires, cōmençant par embas à la baze A. quatre pouces trois quars, au dessous de l'vnité du chiffre desdites deux lignes perpendiculaires, tirez de douze poincts que contient ledit pied, marqué de ladite vnité 1. restera pour la hauteur de ladite baze de la Colonne sept pouces & vn quart, à dix pieds de hauteur, ladite Colonne comprenant sa baze & chapiteau seulement. Ce que continuant ledit Artisan, en montāt vers le sommet & corniche de ladite colōne, trouuera les mesures de tous les mēbres particuliers d'icelle: cōme si lesdites lignes perpēdiculaires cōmençoient dés les extremitez de ladite corniche, tendant en bas; comme aussi fera-il en toutes autres hauteurs de Colonnes proposées de pareil ordre, sans changer de pourtraict, changeant seulement d'autres lignes perpendiculaires, comme si au lieu de dix pieds, qu'auons supposez pour exemple, lesdites lignes perpendiculaires estoiēt diuisées par quatorze parties, signifiant quatorze pieds, & chacun pied en douze pouces, cōme il est dit cy-dessus: Et consequemment ainsi de toutes autres hauteurs, qui seront proposées ausdits Artisans, qui n'auroient la connoissance des lettres, ains seulement la pratique de la regle & du compas, pourront par ce moyen s'ayder desdits pourtraicts de Colonnes, & s'en seruir à toutes telles hauteurs que bon leur semblera, sans alterer ne corrompre les mesures & proportions d'icelles. Chose de grand profit & vtilité aux pauures simples Artisans qui n'ont esté nourris aux lettres. Qui m'a causé d'adjouster à la fin de ce troisiéme chapitre dudit ordre Ionique sans piedestal, continuant la forme par moy cy-deuant obseruée és precedentes Colonnes, tant de l'ordre Toscan que Dorique, pour l'vtilité que ie connois qu'en peuuent tirer lesdits Artisans, au grand plaisir & contentement de ceux qui les mettront en besongne.

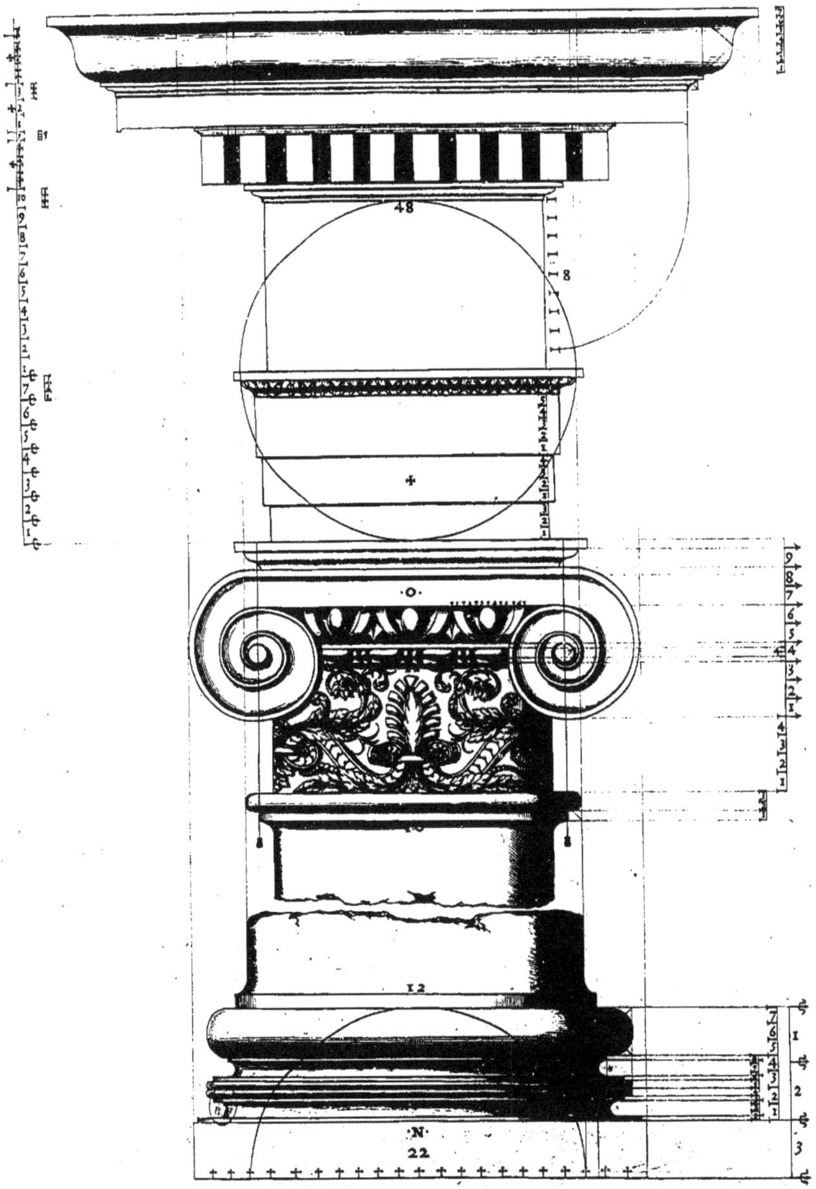

48

8

O

12

N

22

• POITEVIN • SEIGNEVR • DV • LIGNERON • MAVCLERC •

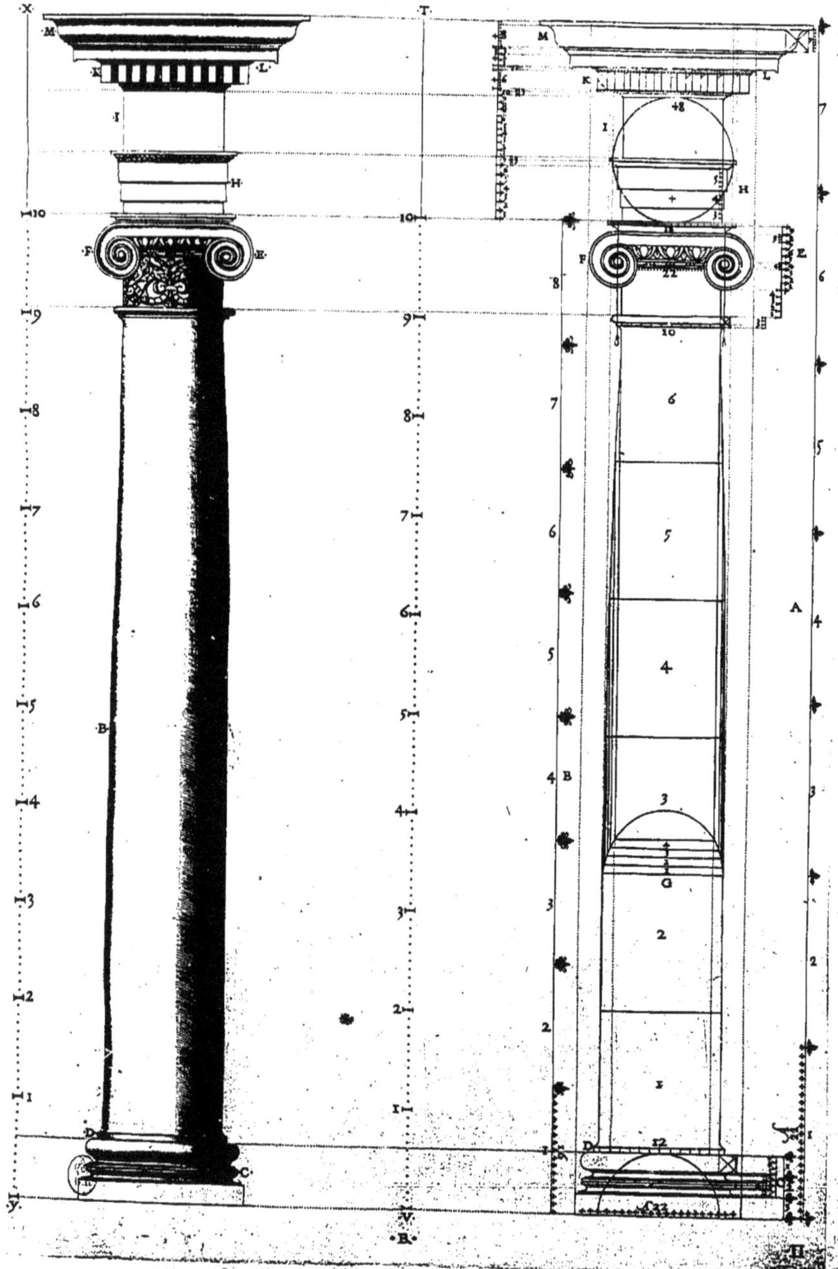

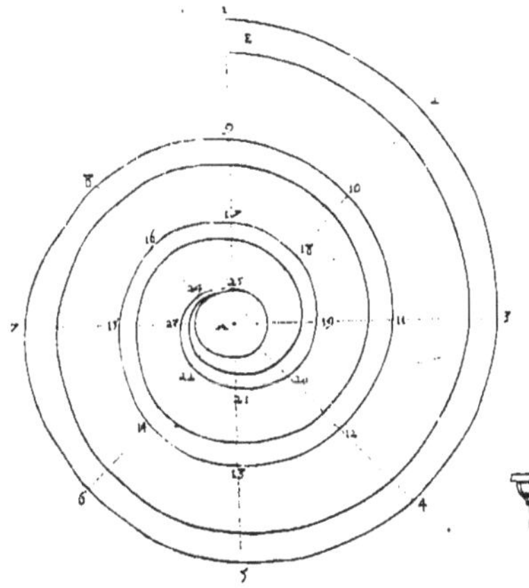

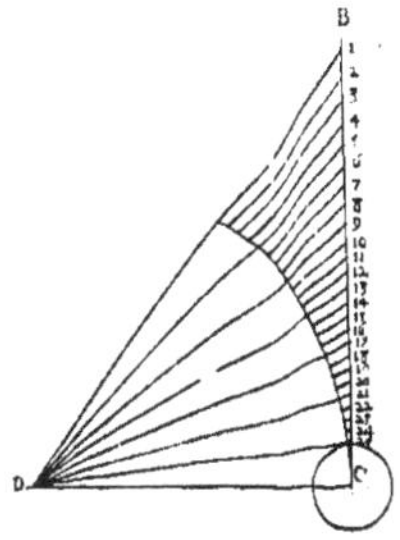

B

D

C

F

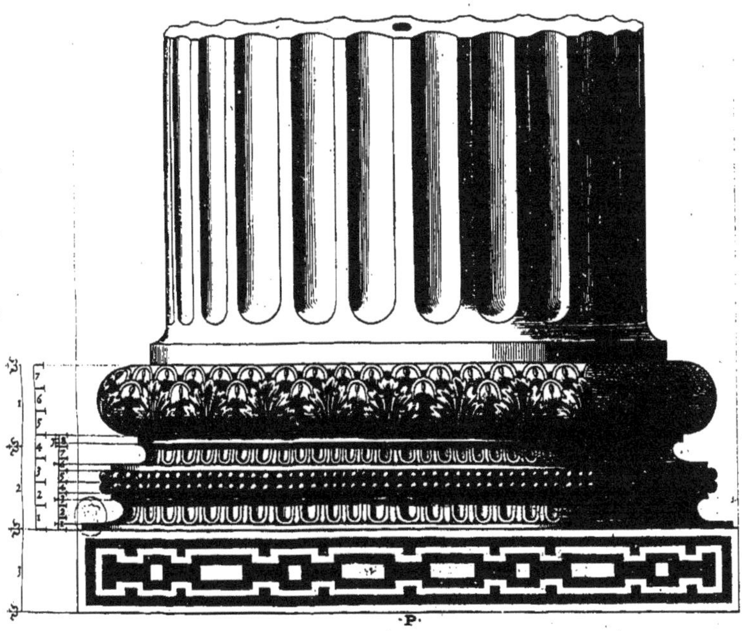

·P·

·III·

·B·

S
24
18
N
9
8
7
6
5
4
3
2
1
Q
B

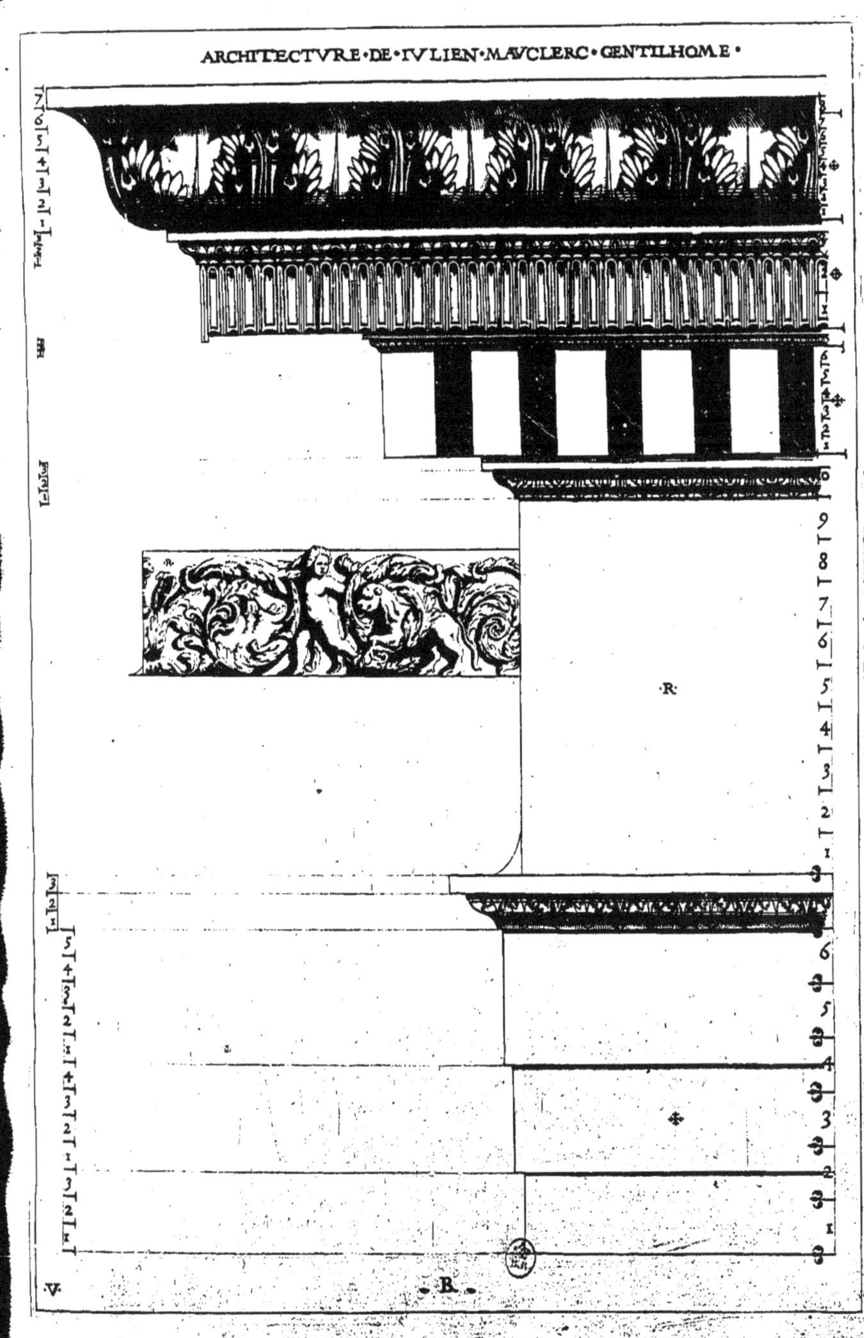
ARCHITECTVRE·DE·IVLIEN·MAVCLERC·GENTILHOME·
R
V
B

TRAITE' DE L'ORDRE IONIQVE.

AVEC SON PIEDESTAL.

CHAPITRE IIII.

L y a encore vn autre maniere deColonne Ionique, qui ressemble fort bien à la precedente, excepté la stilobate qu'elle a dauantage: Et aussi qu'elle differe, quant au Chapiteau, Frise, & Corniche, comme appert par la figure suiuante. La hauteur de cette Colonne cottée A. se diuise premierement en quatorze parties, dont la stilobate en aura trois parties de hauteur: Mais la stilobate mesme soit diuisée en huict parts au costé senestre, vne pour la cimaise en bas, vne pour la cimaise en haut: Le restant soit diuisé en trois parts, dont les deux seront la largeur de la stilobate. Les deux cimaises du costé senestre se font en cette maniere: La baze du costé senestre cottée D. soit diuisée en trois, vne partie en bas pour le plinthe, la seconde pour la sima, assise sur le plinthe; laquelle diuisée en six, vne de ses parties sera pour le filet, au dessus du plinthe; l'autre sera la regle ou filet dessus la sima. Mais la troisiéme partie de ladite baze soit diuisée en deux parties egales: vne d'icelle pour le thore qui est oublié à mettre, mais se voit à la grande au costé dextre: l'autre pour le trochille, duquel la cinquiéme partie est le filet sous le thore. Mais le thore soit diuisé en trois parts, dont vn tiers sera le filet d'en haut; & la saillie & proiecture du plinthe de ladite baze est la sixiesme partie de la largeur de la stilobate. La cimaise d'enhaut ou corniche de la stilobate au costé senestre cottée E, soit premierement diuisé en deux, dont celle d'enhaut soit diuisee en trois, deux pour la fascie, & la troisiesme part pour la sima, qui derechef se diuisee en trois, dont les deux seront donnees au talon, & la part restante au filet. La partie d'embas soit diuisee en quatre, vne pour la fascie, ou platte-bande; & les autres trois pour la sima ou doucine, diuisee en six, dont celle d'enhaut fait le filet dessus ladite sima: & le tout doit saillir en quarré, comme la baze.

Totalle hauteur de la Colonne Ionique, auec de tous ses membres, cottée A.

Diuision hauteur & proiecture de la Cimaise basse de la stilobate au costé senestre, cottée D.

Hauteur, diuision & proiecture de la Cimaise de la stilobate au costé senestre, cottée E.

La baze ou cimatie du costé dextre cottée B. premierement se diuisé en trois parts; vne pour le plinthe: mais les deux derechef se diuisent en cinq, trois pour la sima, & deux pour le thore auec son filet: l'inferieure sixiesme partie de la sima, est le filet dessous ladite sima: & la superieure troisiesme partie du thore est pour le filet. Sur iceluy la saillie ou proiecture doit estre telle comme la figure le demonstre. La superieure cimaise du costé dextre cottee C. se diuise tout ainsi comme celle du costé senestre auec peu de changement, comme se void en la figure d'icelle, & plus à clair en la grande figure estant en l'autre fueillet au costé dextre.

Diuision & hauteur de la Cimaise basse, de la stilobate du costé dextre, cottée B.

Sur la stilobate on assied la verge auec sa cimaise ou baze, qui se fait en cette maniere: Toute la largeur de la stilobate soit diuisée en 22. parts; 16. d'icelles seront l'épesseur ou grosseur de la verge en bas: & les 3. parties qui restent de chaque costé feront la proiecture du plinthe de la baze de la stilobate. Si vous assemblez ces seize parties en vne, la verge auec la volute & baze cottee F. au milieu de sa verge aura en hauteur huict d'icelles parties. Ladite cimaise ou baze cottee G. qui se met sur la stilobate a la demie grosseur de la verge ou tronc de la Colonne en hauteur, & se diuise en trois parts, dont celle d'embas est le plinthe, & les deux parts qui restent d'icelles dites portions, seront derechef diuisees en trois autres; dont l'vne sera pour le thore; le restant soit diuisé en douze parties, deux desquelles seront pour les astragalles du milieu, vne pour le filet dessous le thore, & la moitié pour la regle ou filet dessus la fascie. Mais le filet qui est dessus les astragalles, est vne moitié, & celuy qui est dessous contient vne partie entiere. Le filet qui est au dessus du thore cotté H. se fait en cette maniere: Diuisez la grosseur de la verge par bas en douze parties; vne demie partie de ces douze parts sera la hauteur, & la saillie du filet. Mais la totalle saillie des parties de la cimaise ou baze est assez claire & intelligible en la baze que i'ay figuree en grand' forme au costé senestre de la Colonne Ionique sans piedestal, descrite au troisiesme chapitre de cedit liure, que trouuerez cottee de la lettre N. en son plinthe. Le retrecissement de la verge cottée I. se fait selon celuy de la premiere Ionique dépeinte en cedit troisiesme chapitre de cedit liure; tellement que des deux costez elle soit retressie d'vne douziesme partie.

Hauteur & diuision de la superieure Cimaise de la stilobate au costé dextre, cottée C.

Hauteur du tronc de la colonne auec sa baze & chapiteau, cottée F.

Diuision & hauteur de la baze de la colonne cottée G.

Hauteur & proiecture du filet qui se met sur la baze cottée H.

Sur la sommité de la verge on assied le chapiteau K. lequel se diuise tout ainsi comme celuy de la premiere Ionique, à sçauoir la grosseur de la verge, soit diuisee en dix-neuf parties, dont les neuf & demie seront transferees au costé; & vne moitié sera pour le filet dessus la sima, vne partie entiere pour la sima, deux pour le trochille, deux pour l'eschine, vne pour l'astragalle; & les trois qui restent soient donnees au demi-cercle de la volute. La ligne de limaçon doit estre tiree comme il est escrit en la volute du gros chapiteau au costé senestre de ladite premiere Colonne Ionique sans piedestal, au chapitre troisiesme, lequel trouuerez cotté de la lettre O. en son trochille.

Retrecissement de la verge ou tronc de la colonne cottée I.

S'ensuit le pistille, le zophore & la corniche, de tous lesquels la hauteur est la quarte partie de la hauteur de la verge; & se diuise en dix parts, dont les trois s'attribuent à l'architrabe ou pistille, trois à la frise, & quatre à la corniche.

L'architrabe du costé senestre cottée L. soit diuisé en six parties; la sixiesme partie pour la sima, qui derechef se diuise en quatre, l'vne pour le filet dessus la sima, & l'autre pour le petit thore dessous icelle, & les deux parts restantes seront pour ladite sima, & les autres cinq parties des six susdites, se diuiseront en douze parties, trois pour la fascie d'embas, quatre pour la fascie du milieu, & cinq pour la fascie d'enhaut. L'assiette, proiecture & saillie d'icelles est assez amplement declarée en la figure M. Les autres trois parties de dix parties sont pour la frise: La renfleure ou ventre d'icelle se fera d'vn triangle, si comme la figure le demonstre. La corniche cottee N. soit diuisee en six parties, la premiere est le dentillon; mais d'iceluy est pris le quart pour la sima qui se met au dessous du dentillon, qui se diuise en trois, deux pour ladite sima, & la tierce partie pour le filet sur icelle; la seconde partie est pour l'eschine. Mais d'iceluy on prend le quart pour le filet dessous l'eschine. L'eschine auec la dentille, ont leur saillie ou proiecture en quarré; deux parties se donneront aux mutiles, vne partie à la couronne, & la derniere à la sima ou doucine: La cinquiesme partie des mutiles, c'est la sima dessus les mutiles; laquelle sera diuisée en trois, dont les deux seront

Diuision & hauteur du chapiteau, cotté K.

pour ladite sima, & la tierce partie pour le filet sur ladite sima. Les mutiles cottees o. seront aussi larges comme hautes: La superieure tierce partie de la couronne, fait la sima, qui sera diuisee en trois, comme celle dessus les mutiles: La sixiesme part de la superieure sima ou doucine, est attribuee au superieur filet sur icelle. La totalle saillie ou proiecture de la corniche sera egale à sa hauteur.

Du costé dextre se fait vne autre diuision de corniche cottee P. car elle se diuise en onze parties; celle d'embas pour la sima, 3. pour le dentillon & eschine, 3. aux modillons, 2. pour la couronne, 2. pour la superieure sima; le tiers de la sima d'embas se dõne au filet; la moitié des trois parties faisant l'eschine auec le dentillon, sera le dentillon: & l'autre moitié sera l'eschine: la quarte part du dentillon sera le filet sous l'eschine, & la septiesme partie de l'eschine est le filet sous les modillons. La cinquiesme partie des modillons fait la sima en la sommité d'iceux: la tierce partie de la sima est le filet sur icelle: Et sont lesdits modillons aussi hauts comme larges: la proiecture d'iceux est deux fois aussi grande comme la hauteur. Les caueures cottées Q. sont telles comme appert par la figure. La couronne n'a icy point de diuision: Mais la sima ou doucine renuersée d'enhaut cottée R. se diuise en six parties, vne partie pour l'astragalle sous icelle, & la saillie ou proiecture de ladite sima ou gueule renuersée, est egalle à sa hauteur contenant trois parties des six, & le restant est donné à l'abacus ou tailloüer, qui s'assied sur ladite sima ou gueule renuersée, autrement appellée lisis ou talon. Ainsi se fait la Colonne selon sa proportion, & à la demie grosseur de l'inferieur plinthe de la cimaise baze de la stilobate quatorze fois en hauteur. La verge de cette Colonne doit auoir vinge-quatre stries, en la maniere comme il est dit en la fin de la description de la Colonne precedente, au troisiéme chapitre de ce dit liure.

Le desir que i'ay de soulager les Lecteurs en l'ample intelligence des membres particuliers de ladite Colonne Ionique, accompagnée de son piedestal, à la difference de la precedente sans piedestal ou stilobate, comme aussi les Artisans à les mettre en œuure selon leurs deuës & parfaites proportions: ils trouueront aux deux pages suiuantes les deux prochains pourtraicts apres le present chapitre, vn piedestal en grand volume, cotté S. au costé senestre; & à l'opposite d'iceluy au costé dextre vne baze & chapiteau en grand volume, enrichi & accompagné de son Inographie & plate-forme, de proportion conuenable audit piedestal: laquelle baze sera cottée au dessous de son plinthe, & au milieu d'iceluy de la lettre T. Et ledit chapiteau au dessus de son tailloüer de la lettre V. Et ladite ignographie ou plate-forme au milieu de son diametre de la lettre X. Et à costé dudit chapiteau se voit vn profil de chapiteau orné & proportionné, & pour plus ample & claire intelligence ausdits Lecteurs & Artizans, aux autres deux prochaines pages sera trouué deux diuerses architrabes, frises & corniches en grãd volume, reuestuës de leurs enrichissemens antiques & de proportion conuenable ausdits grands piedestal, baze & chapiteau. L'vn desquels pourtraicts à la main senestre sera cotté en sa frise de la lettre Y. qui aura sa frise enrichie en petit à costé, n'ayant eu assez de largeur pour la desseigner en grãd: Et plus bas vous y trouuerrez vn fronton cotté A. du mesme ordre, auec ses regles, qui sõt apres que la corniche sera faite selõ l'ordre que l'on a choisi, prenõs Ionique, il en faut oster le listelle & gueule droite, qui doit seruir de courõnement audit fronton, & en prendre la saillie de ce qui reste à la lettre C. puis poser vne vne iambe du compas sur le poinct D. c'est la ligne perpendiculaire qui coupe la corniche par la moitié: de l'autre iambe alongez iusqu'au bout de la saillie C. & puis sans demarer la premiere iambe dudit compas, porter la seconde sur la perpendiculaire au poinct B. puis posant ferme sur le B. alongez l'autre iambe iusqu'à C. & ainsi l'arc sera fait, & puis ferez autant d[illegible] qu'il y a de lignes à la corniche. Mais il faut adjouster le listelle & la gueule droite au dessus dudit fron[illegible], qui pourra regner aussi sur la corniche, si elle est continuée au dehors dudit fronton. Et celuy de la [illegible] ... frise de la lettre Z. à costé de laquelle à la lettre A. vous verrez le soubassement de la corniche proportionnée à sa grandeur, & ornée selon l'ordonnance des Anciens, auec ses modillons & roses de diuerses façons, & les autres ornemens recherchez curieusement. Ce qui doit suffire, ce me semble, pour l'intelligence desdits membres particuliers cy-dessus descrits.

Description du Fronton, auec les regles pour sa construction, lequel se pose sur les portiques & fenestres, cotté A Soubassement de la Corniche Ionique, auec ses ornemens.

Aduertissement notable aux simples Artisans ayãs seulement la main & la pratique de la regle & compas.

Continuant l'aduertissement cy-dessus descrit à la fin de chacun chapitre de ce dit liure, tant de l'ordre Toscan, Dorique, que Ionique, pour le soulagement de l'Artisan non lettré, à s'aider des proportions & mesures des Colonnes cy-deuant dépeintes à la fin de chacun desdits chapitres, pour en vser & mettre en pratique, sans s'éloigner de leurs deuës proportions; aura recours aux deux lignes estant tant au costé dextre, que senestre de la suiuante Colonne Ionique auec son piedestal, estant dénuée de chiffres & caracteres, pour faire plus clairement apperceuoir, tant aux Lecteurs & Artisans lettrez, que non lettrez, l'integrité ou perfection d'icelle. Par le moyen desquelles deux dittes lignes perpendiculaires cottées par deux A A. & deux B B. en ses extremitez au costé dextre: & la senestre par deux CC. & deux D D. chacune d'icelles diuisée en vinge parties egales, supposées chacune d'icelles parties, pour vn pied: & chacun desdits pieds diuisez en douze petits poincts, pour demonstrer les douze pouces que doit contenir le pied de roy. L'vn desquels pouces pourra estre diuisé en six, ou en douze autres parties; pour par ce moyen pouuoir plus exactemẽt trouuer les propositiõs & mesures desdites Colonnes. Par le moyen desquels pieds & pouces contenus esdites deux lignes perpendiculaires & paralelles, posant vne regle sur lesdites deux lignes trauersantes de chacun desdits chiffres, cõtenus en l'vne & en l'autre desdites perpendiculaires, cõmençant par embas au pied destal à trois pouces & vn demi, par dessus lesdits quatre pieds marquez esdites deux lignes perpendiculaires, des chiffres 1, 2, 3, 4, luy monstrera l'entiere hauteur dudit piedestal, y comprenant ses cimaties hautes & basses à vingt pieds de hauteur: ladite Colonne comprenant tous ses membres, c'est à sçauoir le piedestal, baze, tronc de la Colonne, chapiteau, architrabe, frise & corniche. Ce que continuant ledit Artisan, en montant vers le sommet & corniche de ladite colonne, trouuera les mesures de tous les membres particuliers d'icelle: comme aussi fera-il en toutes autres hauteurs de Colonnes proposées, sans changer de pourtraict, changeant seulement d'autres lignes perpendiculaires, comme si au lieu de vingt pieds, qu'auons supposez pour exemple, lesdites lignes perpendiculaires estoient diuisées par vingt-cinq parties, signifiant vingt-cinq pieds, & chacun pied en douze pouces, comme il est dit cy-dessus: Et consequemment ainsi de toutes autres hauteurs, qui seront proposées ausdits Artisans, qui n'auroient la connoissance des lettres, ains seulement la pratique de la regle & du compas, qui pourront par ce moyen s'ayder desdits pourtraicts de Colonnes, & s'en seruir à toutes telles hauteurs que bon leur semblera, sans alterer ne corrompre les mesures & proportions d'icelles. Chose de grand profit & vtilité aux pauures simples Artisans qui n'ont esté nourris aux lettres: Qui m'a causé de l'adjouster à la fin de ce quatriéme chapitre dudit ordre Ionique auec piedestal, cõtinuãt la forme de laquelle i'ay cy-deuant vsé és precedentes Colonnes, tant de l'ordre Toscan, Dorique, que Ionique sans piedestal, pour le plaisir que ie sçay qu'en receuront lesdits Artisans, de pouuoir par ce moyen contenter ceux qui les mettront en besongne, outre la reputation qu'ils acquierront d'auoir ainsi d'extrement suiui la trace de ses tant memorables anciens Architectes.

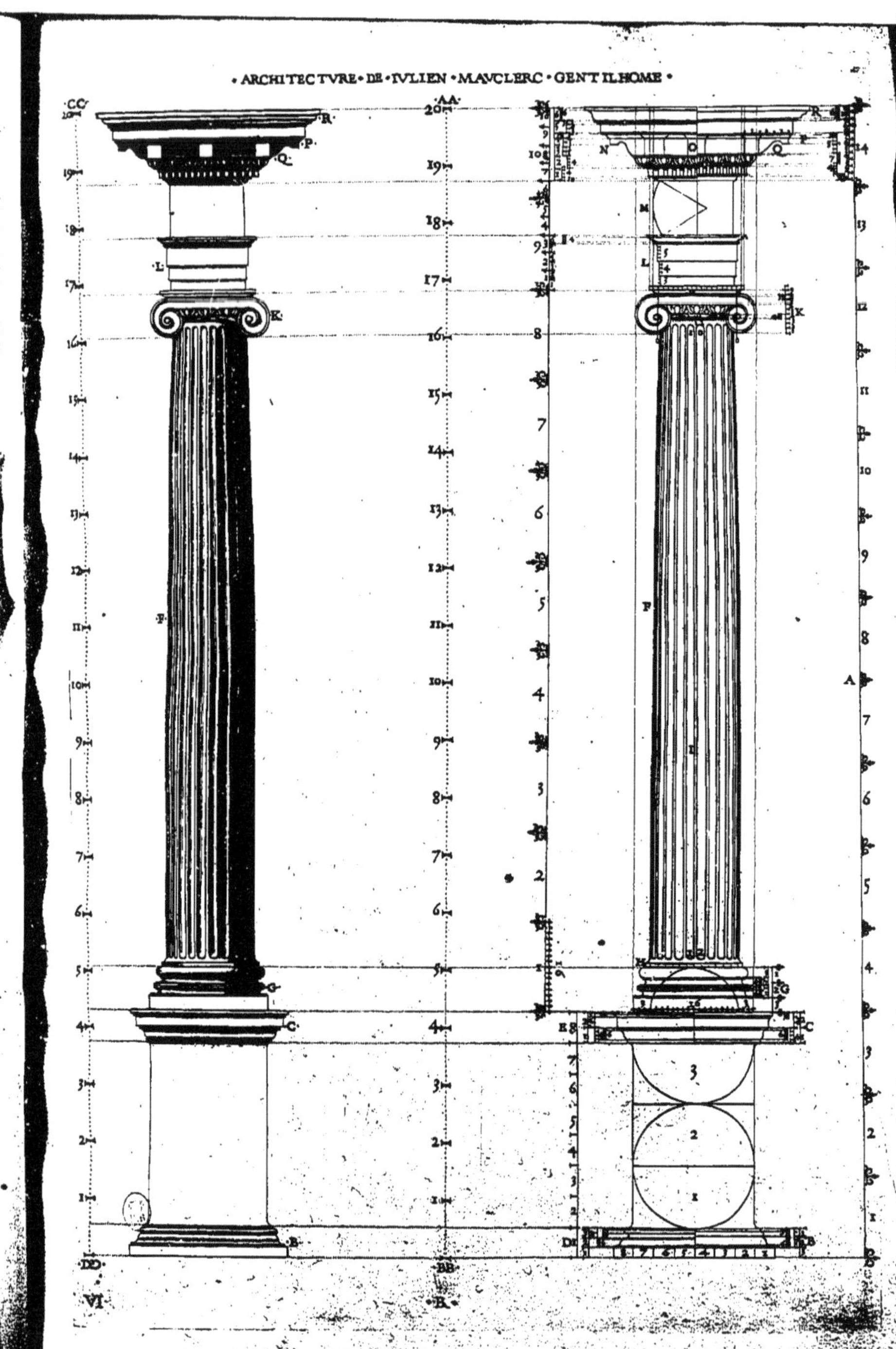
• ARCHITECTVRE • DE • IVLIEN • MAVCLERC • GENTILHOME •
VI
B

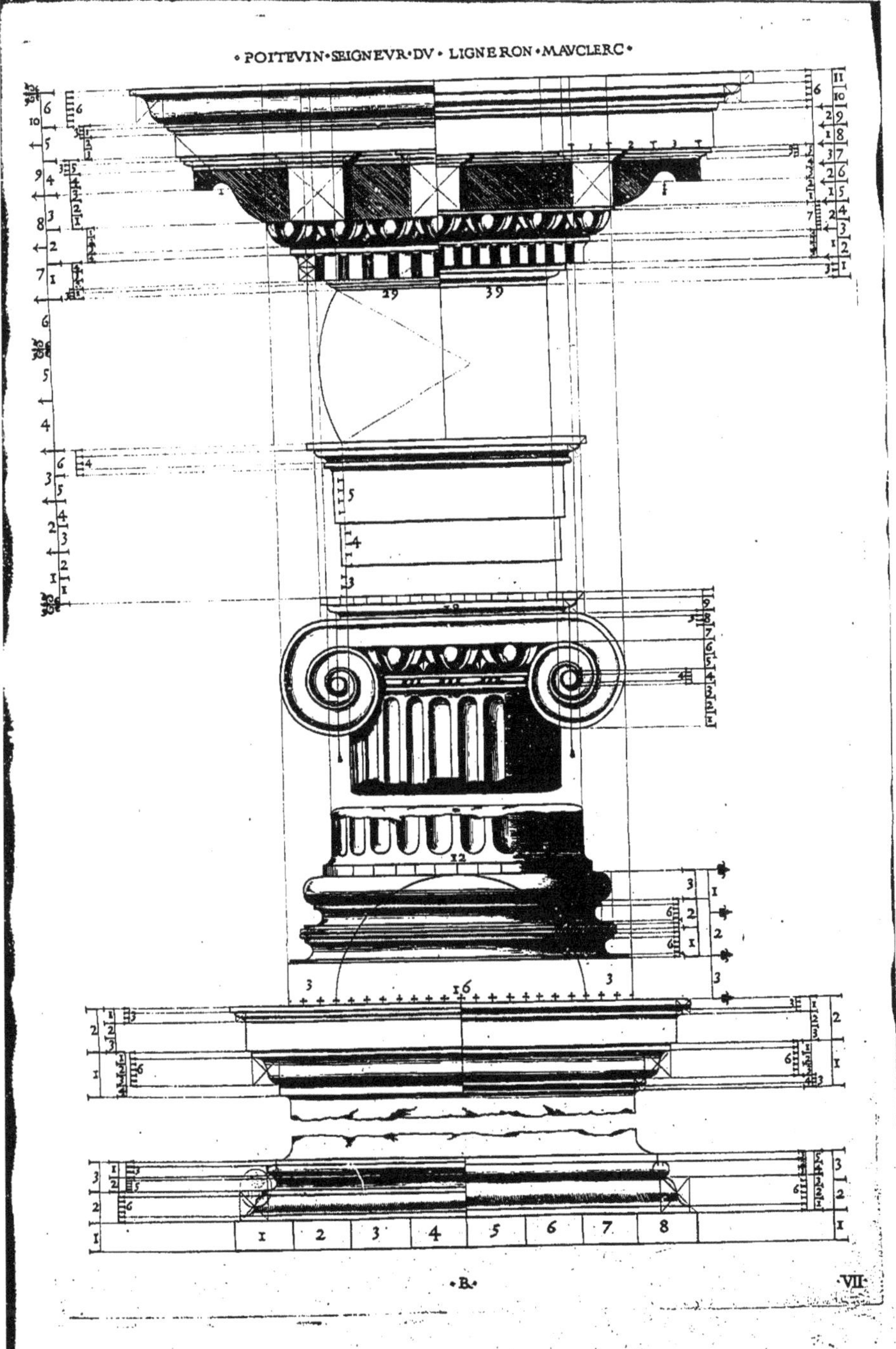

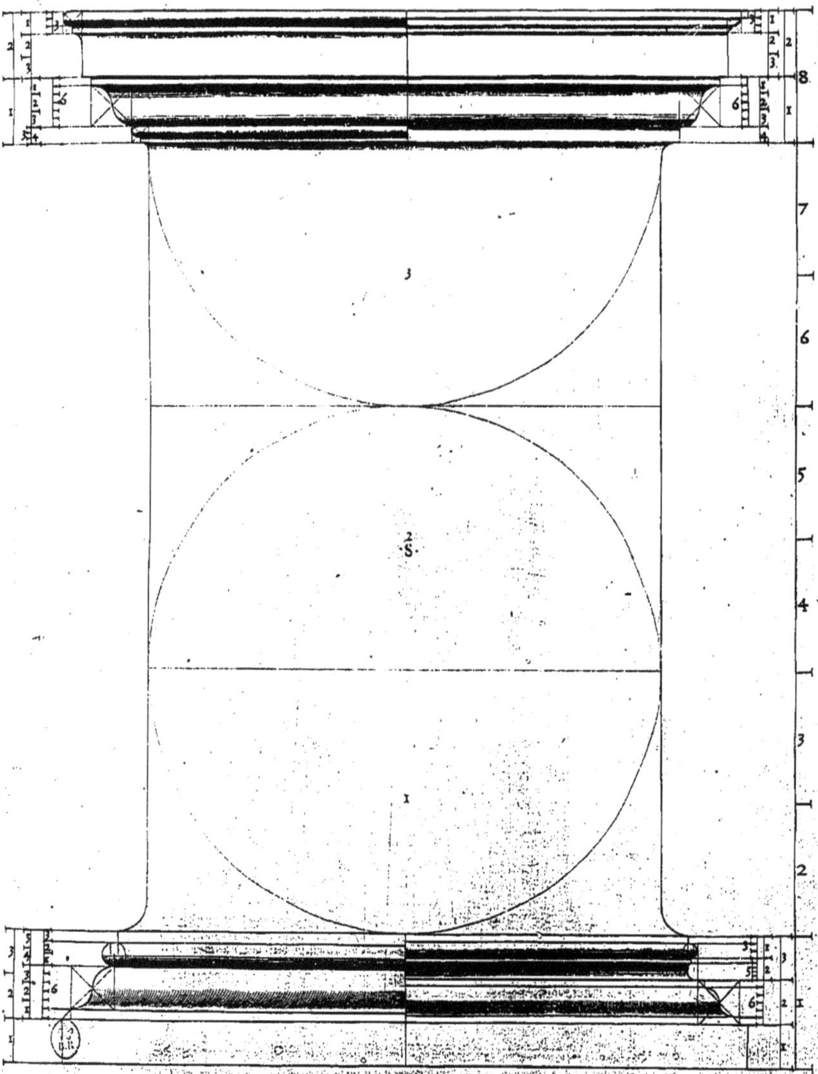

· POITEVIN· SEIGNEVR· DV· LIGNERON· MAVCLERC ·

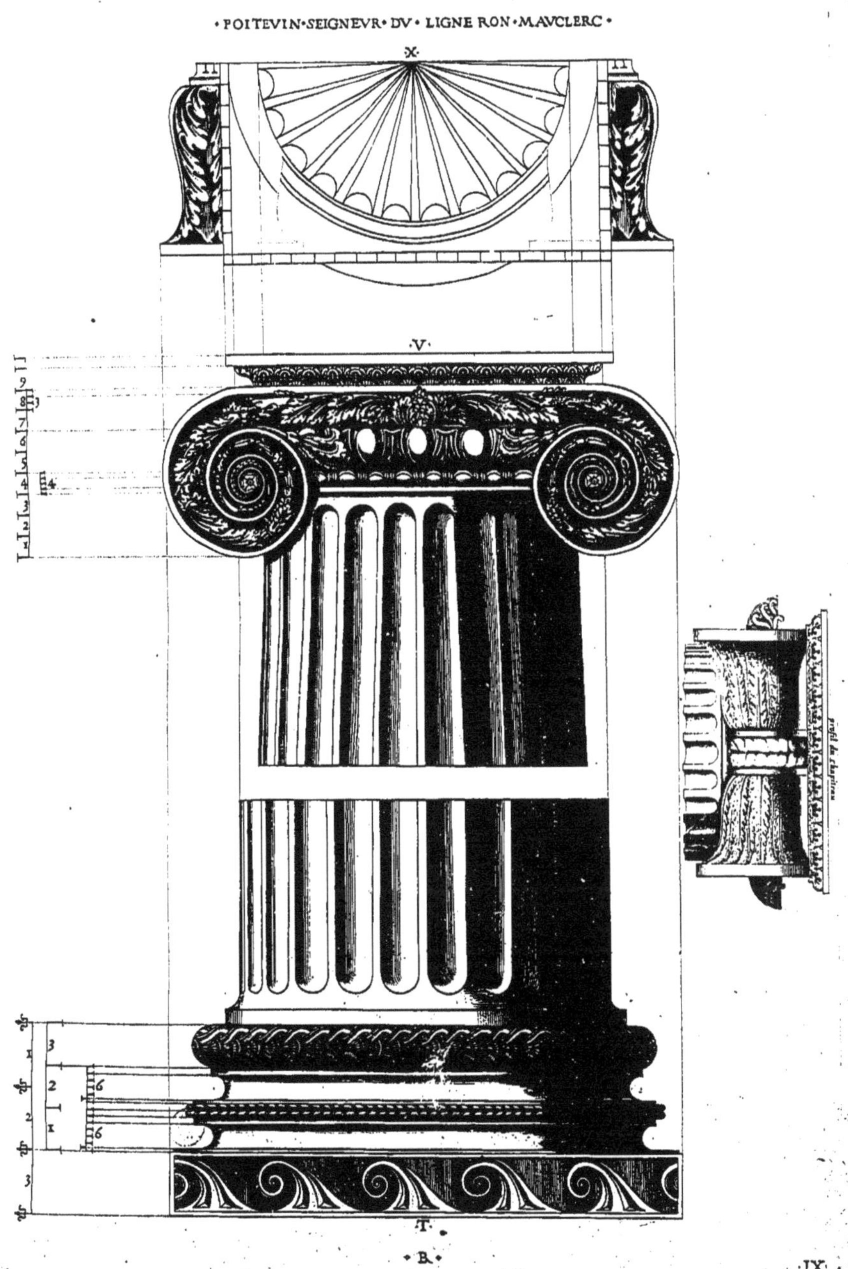

·B·

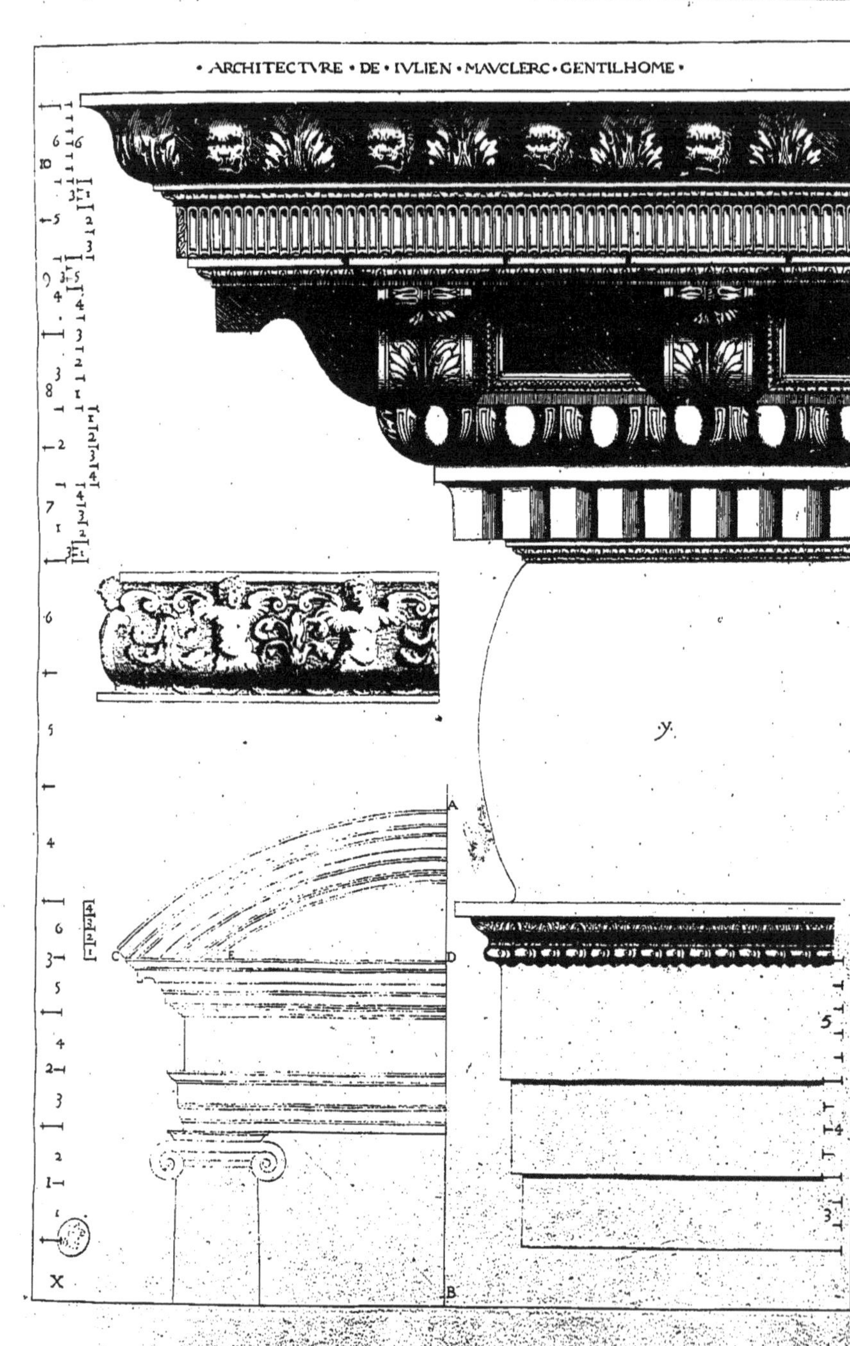
· ARCHITECTVRE · DE · IVLIEN · MAVCLERC · GENTILHOME ·
y
A
B
C
D
E
X

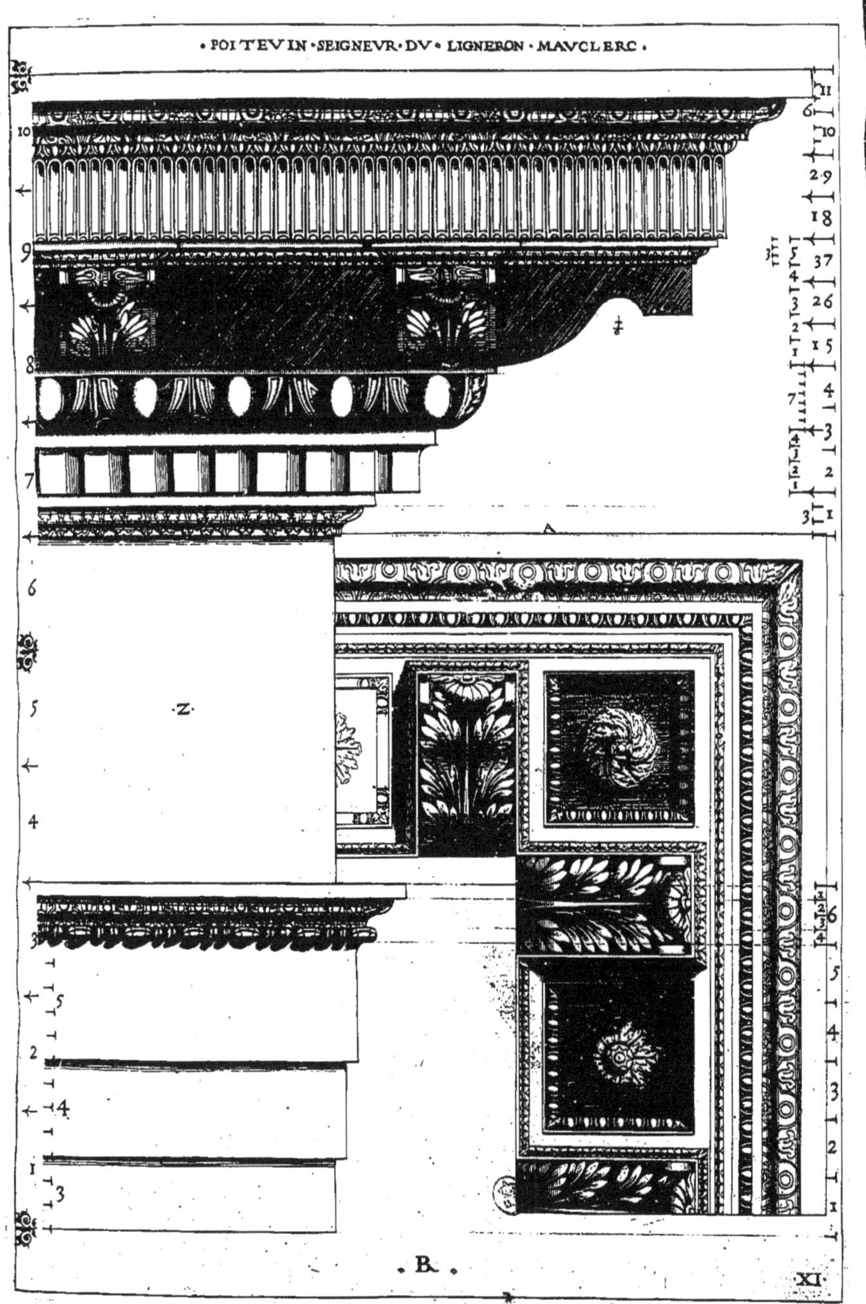
· POITEVIN · SEIGNEVR · DV · LIGNERON · MAVCLERC ·
·Z·
· B ·
XI

TRAITE' DE L'ORDRE CORINTHE
SANS PIEDESTAL.

CHAPITRE V.

EN ce cinquiéme chapitre traittant de la Colonne Corinthienne, qui a esté à cause de sa beauté & delicatesse, trouuée des Antiques plus approcher du corps d'vne belle ieune pucelle, que nulle des precedentes, soit la Toscane, Dorique, ou Ionique; lesquelles ils ont, comme il est cy-deuant dit au premier, second, trois & quatriéme chapitres precedens; appropriées tant à la robuste stature de l'homme, qu'à celle de la femme, qui sont de beaucoup plus grosse forme, & moins delicate que la virginale, à la similitude de laquelle ils ont esleué ladite Colonne Corinthe. La totale hauteur d'icelle, y comprenãt tous ses mẽbres principaux, sçauoir est Baze, Chapiteau, Architrabe, Frise & Corniche, cotté A. se diuise premieremẽt en huict parties, dont l'vne desdites parties & la plus haute d'icelles diuisée en cinq parts, en osterez de la sommité la cinquiéme part, qui est vne quarãtiéme partie de ladite totale hauteur. La huictiéme part de la colonne en bas, cottée B. se diuise en vingt-deux parties, que nous auons signée par A. B. d'autre forme que la precedente lettre A. & c'est la largeur du plinthe ou baze: & les seize pares qui restent sont la grosseur de la verge de la Colonne. La Colonne auec le chapiteau, la cimaise ou baze d'embas cottée C. doit auoir en hauteur neuf fois la grosseur de la verge par bas. La baze de la Colonne cottée D. a en hauteur la demie grosseur de la verge en bas. La quarte part d'icelle est la hauteur du plinthe. Le reste se diuise en cinq parties, dont vne partie est pour le thore superieur: Partissez apres vne de celles cinq parties en quatre; & vne de celles quatre parts adjoustée à la cinquiéme partie d'embas, sera le thore inferieur: Ce qui se verra plus à clair en la grand' baze suiuante enrichie. L'espace qui est entre deux thores, vous le partirez en douze parties, deux d'icelles parties font deux astragalles; vne moitié est pour le filet dessous le thore superieur, & l'autre moitié est pour le filet dessus les astragalles, & vne moitié est le filet dessous les astragalles: mais le filet ou ceincte sur le thore inferieur sera large deux tiers d'vne partie. Le filet sur la baze cotté E. se fait en cette maniere: Partissez la grosseur de la verge en douze parties, vne d'icelles sera le retrecissement de la verge, & vne moitié sera la hauteur du filet, & vne moitié est la proiecture. La proiecture des membres restans est telle comme il appert plus à plein en la baze estant au costé senestre de la presente en grãd volume, que nous auõs marqué de la lettre O. au milieu & au dessous de son plinthe. Le chapiteau que l'on assied sur la verge cotté F. est aussi haut comme la verge en bas est grosse. La septiéme partie du total chapiteau est son superieur abacus, & a autant de saillie comme le plinthe de la baze, lequel se diuise en trois parties, dont les trois plus hautes seront pour l'eschine, & le reste pour le filet & quarré ou plate-bande dudit abacus, qui se diuise comme il est plus clairement demonstré en la figure du grand chapiteau estant au costé senestre de cettui-cy cotté de la lettre P. au dessus de la rose estant au mitan de son abacus ou tailloüer, & plus à plein declaré pour le grand chapiteau estant au costé dextre de la grand' baze enrichie, cottée ladite baze de la lettre Q. & ledit chapiteau de R. La plate forme ou ignographie du chapiteau, & la façon des feüilles & des volutes, est demonstrée tant en la figure du susdit gros chapiteau, qu'en celuy qui est figuré encore en plus grande forme, accompagné de son ignographie ou plate-forme, ou filet prochain, suiuant lesdites Colonnes Corinthes. Au bout de la verge est la tenia, qui est haute la douziéme partie de la grosseur de la verge en bas; & se diuise en trois parties, dont le filet en tient vne partie & l'astragalle deux; la proiecture desquels est egale ou pareille à la hauteur. La verge de cette Colonne cottée G. a tel retrecissement comme il appert en la figure de la premiere Ionique; & est striée comme la verrez en la seconde Ionique: Mais l'inferieure tierce partie de la hauteur d'icelle s'emplit comme vne canne ou baston, comme on peut voir en cette figure.

Totalle hauteur de la Colonne auec tous ses membres, cottée A.

La largeur du Plinthe & la proiecture ou saillie de la baze, cottée B.

Hauteur de la colonne auec sa baze & chapiteau, cottée C.

Diuision & hauteur de la baze de la colonne cottée D.

Hauteur & proiecture du filet qui se met sur la baze cottée E.

Diuision hauteur & proiecture du chapiteau cotté F.

Retrecissement de la verge de la colonne cottee G.

Apres le chapiteau s'ensuit le pistille cotté H. estant de mesme hauteur que la baze, dont la septiéme partie est la sima, laquelle se diuise en trois parts, dont le filet en fera vne partie, & la sima deux: le reste de l'epistille se diuisé en douze parties, dont les trois parties sont données à la fascie inferieure, quatre à la fascie du milieu, & cinq à la fascie d'enhaut. La huictiéme partie de la superieure fascie est pour l'astragalle dessous icelle fascie. Item la huictiéme partie de la moyenne fascie, fait aussi vn astragal dessous icelle, & ont telle saillie ou assiette comme la figure le demonstre.

Diuision hauteur & proiecture de l'Epistille ou architrabe, cotté H.

S'ensuit la frise, cottée I. dont la hauteur se fait en cette maniere; Partissez les pistilles en quatre parts, les cinq vous produiront la hauteur de la frise: La huictiéme partie de la frise, c'est la sima, laquelle se diuise en trois, dont le filet en a vn tiers, & la sima deux tiers. Apres la sima s'ensuit le denticule cotté K. qui est, ensemble son filet, aussi haut comme la moyenne fascie de l'architrabe, qui est cottée d'vne croix y comprenant son astragalle. Ce filet estant sur le denticule, contient la septiéme partie de la hauteur d'iceluy. Le denticule a autant de saillie comme de hauteur: Et ses dentillons ont en largeur la demie hauteur; & l'espace d'entre deux a deux tiers de la largeur. Sur le dentillon s'assied l'eschine cottée L. qui doit estre aussi haut comme l'inferieure fascie de l'architrabe cottée de la marque suiuante O. Puis apres s'ensuit la couronne cottée M. qui est aussi haute comme la moyenne fascie de l'architrabe, cottée d'vne croix, comme il est dit cy-dessus. Deux tiers de cette couronne font la fascie, & vn tiers est pour la sima qui se met sur la fascie, laquelle se diuise en trois, deux se donneront à la sima, & le tiers à son filet. Au dessus de la couronne cottee N. on assied la corniche ou superieure sima; & la hauteur de cette corniche est d'vne septiéme part plus grande que la moyenne fascie de l'architrabe: Et cette dite septiéme partie est le filet dessus la sima; & la proiecture & saillie est vn quarré. Mais la totalle corniche doit saillir en quarré, y adjoustant deux quadrats du filet. Et ce faisant aurez accompli la vraye symmetrie & proportion de la Colonne, selon qu'en ont vsé les tres-excellens Architectes antiques, tant à Corinthe, Rome, Venise, qu'autres lieux. Le Lecteur & Artisan curieux trouuera aussi en grand volume, en la page suiuante, le grand chapiteau, estant au costé dextre de la grand' baze enrichie, vn pourtraict contenant architrabe, frise & corniche en grand

Hauteur & diuision de la frise, cottée I.

Diuision hauteur & proiecture du dentillon, cotté K.

Hauteur de l'eschine, cottee L.

Diuision & hauteur de la couronne, cottée M.

Hauteur & diuision de la corniche cottée N.

volume & proportion conuenable à ladite baze & chapiteau cy-dessus mentionnez, cottez par s. & autres pieces, sçauoir deux impostes au dessus de sa grande baze, vn profil de volute Corinthienne, & vn soubassement du mesme ordre en petit volume.

Antiquité de la Colonne Corinthienne, cinquiéme en ordre, sans piedestal.

LA quatriéme espece de Colonne nommée Corinthe, imitant la gayeté & grace virginalle, en ce qu'elle approche de la delicatesse du corps d'vne pucelle mignardement ornee & reuestuë de riches acoustrements : Il ne seroit raisonnable d'oublier l'antiquité d'icelle, & notamment son Chapiteau, qui fut trouué par vn tres-excellent & des plus antiques Architectes, nommé Callimachus ; qui pour la science des bastimens & ouurages de marbre, estoit tenu entre les Atheniens le plus excellent. Et pour reuenir à l'antiquité dudit Chapiteau & inuention d'iceluy ; Il est à noter qu'en la Cité de Corinthe il y eut vne pucelle d'âge nubile, qui vint à estre saisie d'vne maladie de laquelle elle mourut, & dont sa gouuernante conceut vn tel dueil & tristesse au cœur, tant pour l'amitié qu'elle luy portoit de son viuant, que pour la voir ainsi desaillir en ce florissant âge, ornée de si excellentes beautez & vertus, qu'à chaque fois que cette bonne matrone & gouuernante venoit à trouer quelque piece des besongnes dont elle auoit accoustumé de seruir cette ieune merueille, cela luy ramenoit au cœur toutes ses amertumes & tristesses passees. Quoy voyant elle fut contrainte pour y remedier, & se garantir d'vn mesme accident, à tout le moins d'vne langoureuse vie, d'amasser toutes lesdites besongnes & vaisseaux, desquels elle auoit accoustumé de seruir ladite Pucelle, qu'elle mit dedans vn panier de clisse fait d'osier couuert d'vne tuille, lequel elle fut poser sur la sommité de la sepulture de ladite vierge. Et de cas fortuit se trouua sous ledit panier vne racine d'Acanthe ou Brancque-vrsine, laquelle chargée du poids susdit, commença sur le Printemps à boutonner & chercher lieu de ietter ses bourgeons & feüilles ; de sorte que les nouuelles branches sortirent de tous costez autour dudit panier : mais pour la pesanteur de la tuille, furent lesdites branches contraintes se vouter & courber en bas en maniere de volute. En quoy ledit Callimachus prit grand plaisir & delectation à voir la nouueauté de cette herbe, & en prit le patron pour enrichir ladite Colonne & son Chapiteau, pour en vser en la Cité de Corinthe ; auquel il donna vne tres-excellente symmetrie & proportion, comme l'on pourra voir par le pourtraict & delineations de ladite Colonne & chapiteau cy-apres dépeinte.

Aduertissement notable aux simples Artisans, ayans seulement la main & la pratique de la regle & compas.

Mais pour plus ample intelligence aux simples Artisans non lettrez, pour s'aider desdites mesures à esleuer Colonnes ou Pilastres, soit tant pour la decoration des auant-logis, portiques, portes, fenestres, lucarnes, ou autres chefs-d'œuures qu'ils voudront enrichir de Colonnes ou pilastres : prenant aduis aux deux costez de l'vne des Colonnes cy-apres dépeintes de cedit premier ordre Corinthien, comme aussi pareillement des autres suiuantes ; soit tant de l'ordre Corinthien auec piedestal, que Composite ; c'est à sçauoir de celles qui sont dénuées de chiffres & caracteres, pour les mener en leur apparente & exacte perfection : Il trouuera aux costez d'icelles deux lignes perpendiculaires & paralelles ; l'vne desquelles estant au costé dextre de cette dite Corinthienne sans piedestal cottée des lettres T. V. en ses deux extremitez : & celle du costé senestre X. Y. chacune d'icelles diuisées en quinze parties egales, supposées chacune d'icelles parties, pour vn pied : & chacun desdits pieds diuisez en douze petits poincts, pour demonstrer les douze pouces que doit contenir le pied de roy. L'vn desquels pouces pourra estre diuisé en six, ou en douze autres parties ; pour par ce moyen pouuoir plus exactement trouuer les proportions & mesures desdites Colonnes. Par le moyen desquels pieds & pouces côtenus esdites deux lignes perpendiculaires & paralelles, posant vne regle sur lesdites deux lignes perpendiculaires trauersante de chacun des chiffres, contenus en l'vne & en l'autre desdites perpendiculaires, cômençant par embas à la baze, à deux pouces au dessous du chiffre I. esdites deux lignes perpendiculaires. Tirez des douze poincts que contient ledit pied marqué de ladite vnité, restera pour la hauteur de ladite baze de la Colonne, dix pouces à quinze pieds de hauteur : Ladite Colonne comprenant sa baze & chapiteau seulement. Ce que continuant ledit Artisan, en montant vers le sommet & corniche de ladite colonne, trouuera les mesures de tous les membres particuliers d'icelle, comme si lesdites lignes perpendiculaires commençoient dés l'extremité de ladite corniche tendant en bas : comme aussi fera-il en toutes autres hauteurs de Colonnes proposées de pareil ordre, sans changer de pourtraict, changeant seulement d'autres lignes perpendiculaires, comme si au lieu de quinze pieds, qu'auons supposez par exemple ; lesdites lignes perpendiculaires estoient diuisées par vingt parties, signifiant vingt pieds, & chacun pied en douze pouces, comme il est dit cy-dessus : Et consequemment ainsi de toutes autres hautours, qui seront proposées ausdits Artisans, qui n'auroient la connoissance des lettres, ains seulement la pratique de la regle & du compas, pourront par ce moyen s'ayder desdits pourtraicts de Colonnes, & s'en seruir à toutes telles hauteurs que bon leur semblera, sans alterer ne corrompre les mesures & proportions d'icelles.

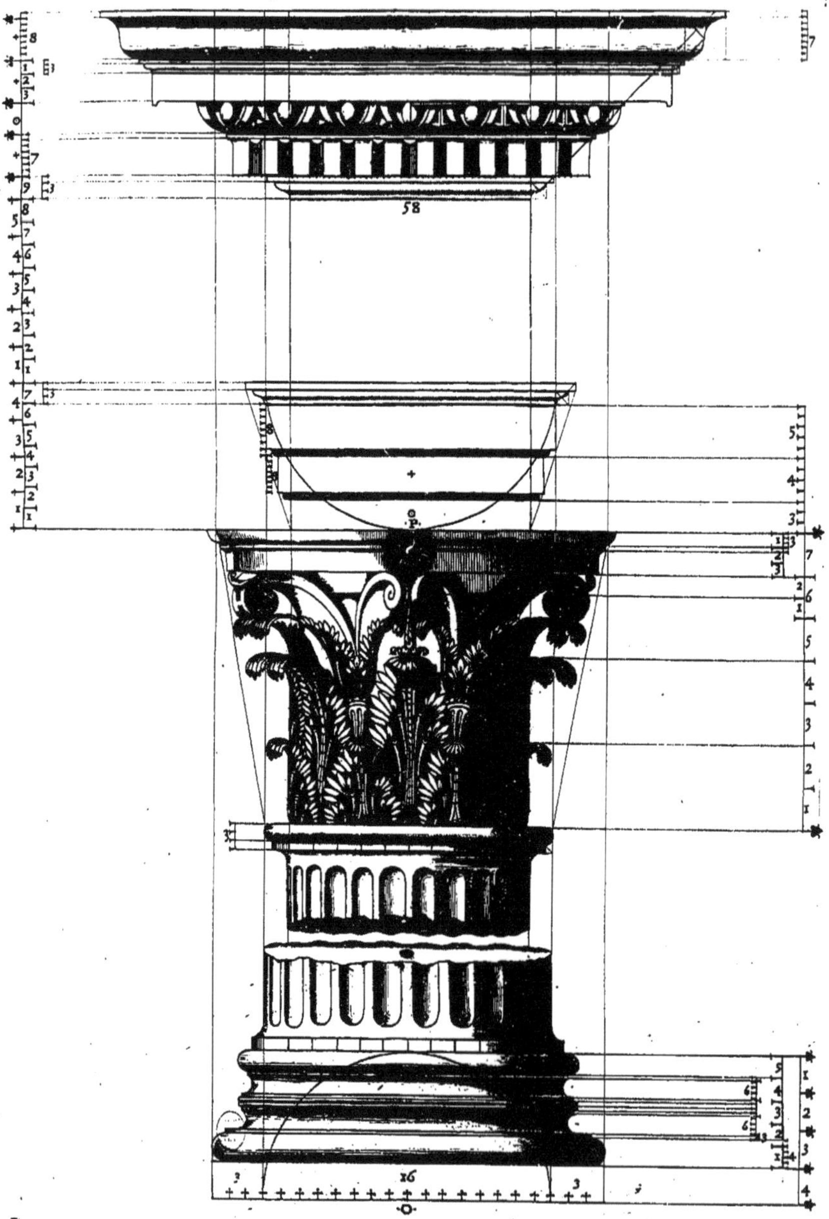

• POITEVIN • SEIGNEVR • DV • LIGNERON • MAVCLERC •

Impostes ornées differemment.

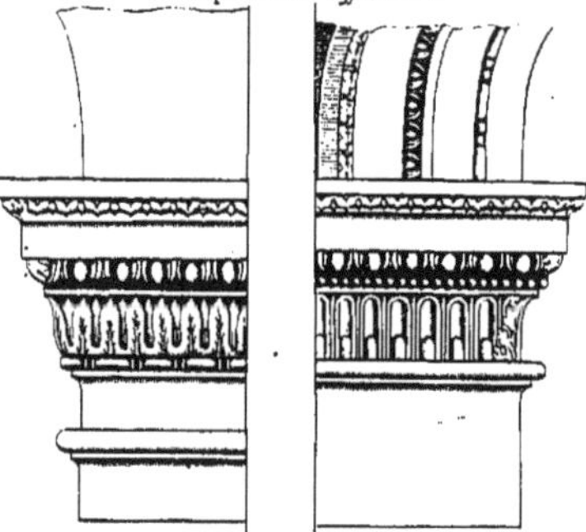

III • B •

· POITEVIN · SEIGNEVR · DV · LIGNERON · MAVCLERC ·

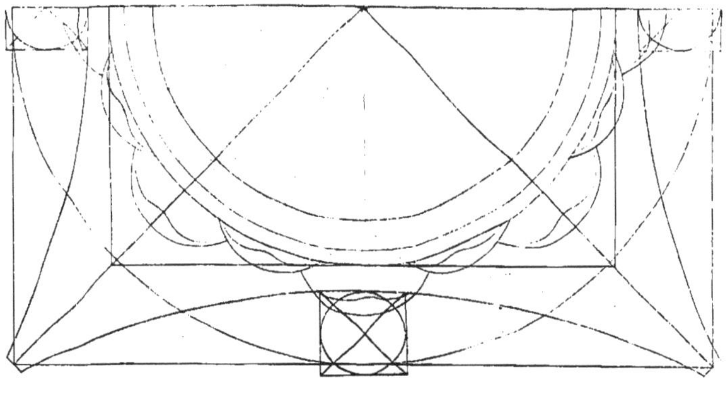

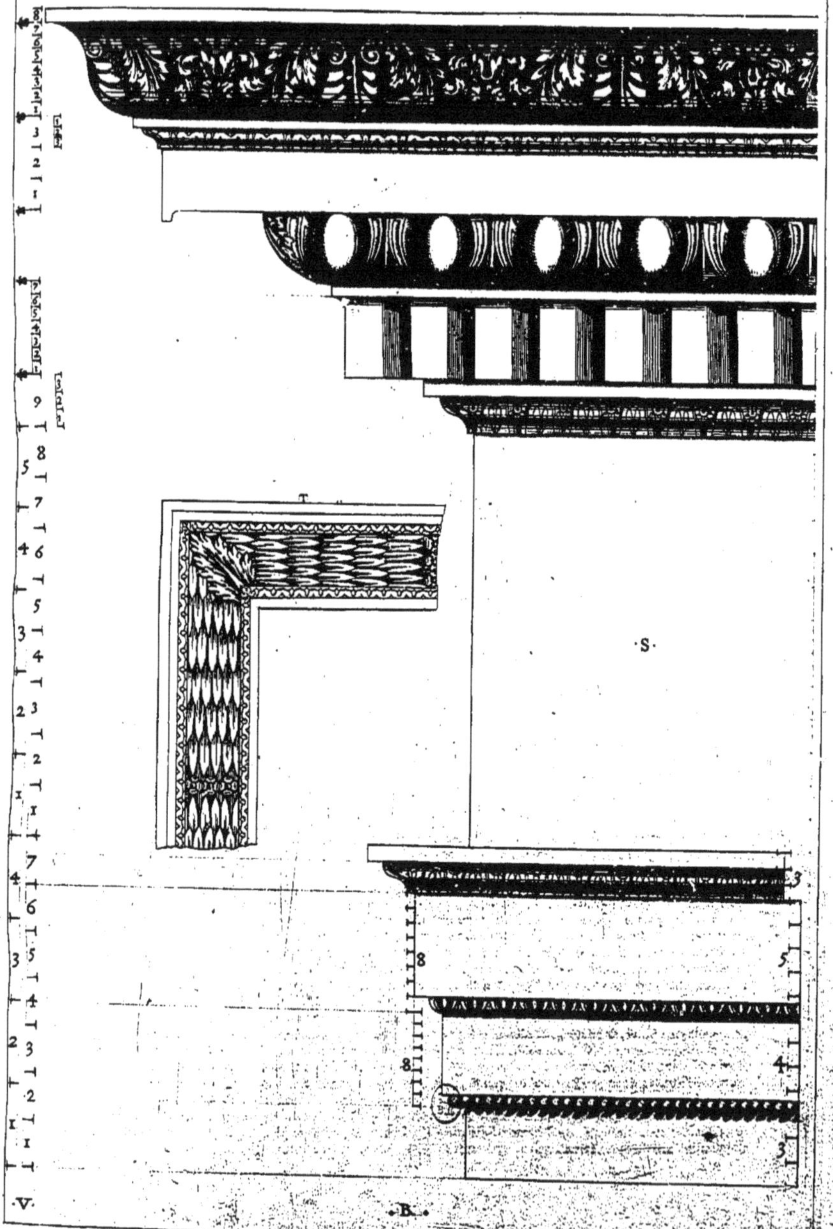

·S·

·V·

·B·

TRAITE' DE L'ORDRE CORINTHE AVEC SON PIEDESTAL.

CHAPITRE VI.

A seconde Colonne Corinthiennne, est fort semblable à la precedente, excepté la stilobate qu'elle a dauantage; & aussi que ses corniches sont differentes de ladite premiere Corinthe, qui semble estre beaucoup plus forte & ferme: La hauteur de toute laquelle dite Colonne cottée A. sera premierement diuisée en neuf parties, dont les deux premieres parties en bas feront la hauteur de la stilobate; lesquelles deux parties diuisées en neuf, vne desdites neufiémes parties sera pour la Cimaise haute de ladite stilobate, & l'autre pour l'inferieure: & le restant se diuise en cinq, dont les trois sont pour la largeur de la stilobate. La Cimaise basse de la stilobate cottée B. se doit partir en cinq parts, dont les deux seront pour le plinthe: & le restant party en quatre, vne partie sera pour l'inferieur thore, deux pour la sima, & le restant pour l'astragalle dessus la sima, dont le filet en a le tiers. La cinquiéme partie de la sima, c'est le filet de dessus le thore. La saillie est la sixiéme partie de la largeur de la stilobatte. La proiecture ou saillie des membres restans, est telle que cette figure le demonstre; & comme il est plus à plein declaré és Cimaises de la stylobate estans en gande forme au costé senestre desdites Colonnes cottées O. au milieu & dessous le plinthe de ladite cimaise basse. La Corniche ou simatie haute de la stilobate cottée C. doit estre diuisée en deux; la superieure partie sera la fascie, ensemble la sima diuisée en trois, vne partie est pour le filet; les deux autres parties au dessous ladite fascie seront pour la couronne: La deuxiéme & inferieure partie se diuise en quatre autres parties, dont la quatriéme partie sera pour l'inferieure sima: Et les trois parts restantes diuisées en deux, la premiere partie des deux, sera la fascie dessus la sima, le tiers de laquelle sera donné à son filet, & l'autre moitié sera l'eschine dessous la fascie ou couronne. La proiecture de la corniche ou cimaise superieure, est comme la saillie de la baze ou cimaise inferieure, à sçauoir, la preéminance d'vn quadrat. Sur la stilobate s'assied & est colloquée la verge auec sa baze, laquelle se diuise en cette maniere: Partissez la totalle largeur de la stilobate en six; les quatre feront la grosseur de la verge, & à chacun costé demeure vne partie pour la grosseur ou proiecture de la baze.

Totalle hauteur de la Colonne auec tous ses membres, cottée A.

Diuision hauteur & proiecture de la Cimaise basse de la stilobate, cottée B.

Hauteur & diuision & proiecture de la Cimaise haute, de la stilobate, cottée C.

La Colonne ensemble sa baze & son chapiteau cotté D. a neuf fois en hauteur la grosseur de la verge en bas. La baze de la verge cottée E. a en hauteur le demi diametre de la grosseur de la verge par bas; la hauteur de laquelle diuisée en quatre parties, vne d'icelles sera le plinthe, les trois parties qui restent se partiront en cinq, dont vne partie sera le thore d'enhaut. Partissez en apres vne de ces cinq parties en quatre parts, & vne de ces quatre adioustée aux autres cinq, ce sera l'inferieur thore sur le plinthe. L'space entre deux thores se doit diuiser en douze parts, les deux feront les deux astragalles du milieu, la moitié d'vne d'icelles fait le filet dessous le thore superieur, vne autre moitié fait le filet ou ceincte dessus les astragalles, l'autre moitié fait le filet dessous les astragalles. La baze estant au costé gauche de la presente, en grand volume, ne differe en rien de la presente que du plinthe, qui porte le tiers du diametre d'icelle, au lieu que l'autre n'en porte que le quart. Le filet dessus la baze de la verge, là où vous voyez les douze parties, se fait en cette maniere: Partissez le diametre de la grosseur de la verge par bas cottée F. en douze parts, à chacun costé vne part, c'est le retrecissemét de la verge; vne moitié, c'est la hauteur du filet, & doit saillir vne partie entiere. La proiecture des autres membres se demonstre en la baze de la premiere Colonne Corinthe, qui est en grande forme au costé senestre d'icelle, cottée de la lettre O.

Hauteur du tronc de la Colonne auec sa baze & chapiteau, cottée D.

Diuision & hauteur de la baze de la colonne cottee E.

Retrecissement du tronc ou verge de la colonne, auec la largeur & proiecture du filet estant sur la baze, cotté F.

En haut au bout de la verge s'assied le chapiteau cotté G. qui est aussi haut comme le diametre de la grosseur de la verge de la Colonne par embas. La hauteur dudit chapiteau se diuise comme il se voit au chapiteau estant en plus grande forme au costé senestre desdites deux colonnes cotté P. sur la rose estant au milieu de son abacus. Les volutes & fueilles se font selon la declaration de la figure dudit chapiteau, & comme il est plus à plein declaré en la figure du gros chapiteau cotté R. sur la rose de son abacus estant au costé dextre de la grand' baze enrichie, declarée sur la fin du chapitre de la premiere colõne Corinthienne sans piedestal, de cedit liure. Dessous le chapiteau est la tenia cottée H. qui a en hauteur vne douziéme partie de la largeur de la verge en bas; laquelle estant diuisée en trois, en donnerez au filet vne partie, & deux parties à l'astragalle. La proiecture est conforme à la hauteur; le retrecissement de la verge est tel comme celuy de la premiere Colonne Ionique, au troisiéme chapitre dudit liure. Cette Colonne peut estre striée comme la Ionique, ou comme la premiere Corinthienne; si comme il est notté en l'Ignographie dudit grand Chapiteau de la premiere Colonne Ionique, cotté sur son abacus de la lettre N. estant ledit chapiteau du costé dextre de la grande baze Ionique enrichie, au troisiéme chapitre dudit liure. Sur le chapiteau se met l'epistille, la frise & la corniche: Sa hauteur est la quarte part de la hauteur de la verge, & se fait en cette maniere; Partissez la quarte part en dix parties, & donnez à l'architrabe trois parties, à la frise trois parties, & à la corniche quatre parties: vne septiéme partie de l'architrabe cottée I. fait la sima ou corniche haute. Le reste se partira en douze parties, dont la fascie inferieure en aura trois; la moyenne, quatre; & la superieure, cinq: Ce fait, partirez la superieure fascie en huict, vne pour l'astragalle, & en telle maniere se donne vne astragalle à la moyenne fascie, & à sa proiecture & sa collocation, selon que demonstre la figure. Les trois parties des dix parties susdites font la frise cottée K. comme il est dit cy-dessus. La corniche sur le costé senestre se doit partir en neuf parties; vne pour la sima dessus la frise, deux pour l'eschine, deux pour les mutilles, deux pour la couronne, & deux pour la sima superieure. Apres ce, partirez l'eschine en sept parties, & donnerez aux filets, aux ambedeux costez deux parties. La quarte part des mutilles fait la petite sima, dessus les mutilles, qui se diuisera en trois parties, vne pour le filet, & le reste pour la sima: & vne quarte part de la superieure sima, ou doucine, se donnera à la petite sima, ou cornichette, dessus la couronne. Le reste se diuisera en six parties, dont vne partie est le filet, dessus ladite sima ou doucine. La proiecture ou saillie de toute la corniche, doit estre en quarré.

Diuision & hauteur du chapiteau, cotté G.

Hauteur & diuision de la tenia, qui se met sous le chapiteau, & se fait dans le tronc de la Colonne, cottée H.

Les Mutilles cottez M. auront egale largeur & hauteur, & distance egale à leur saillie, comme il se peut voir en cette figure, &
plus à clair en la grande Corniche estant au costé senestre desdites Colonnes : laquelle Corniche trouuerez cottée de la lettre O. dedans la couronne au dessus d'vn mutile, & encore plus à clair en la grande Corniche suiuante enrichie, cottée d'vn P.
sur l'vn de ses mutilles. L'ornement des frises desdites Corniches sont à costé, dessignées en petit.

Du costé dextre, se partira la hauteur de la Corniche cottée L. en cinq parties, vne soit donnée à l'eschine, ensemble à son
filet ; deux aux mutilles, vne à la courōne, & vne à la sima : Vn tiers de l'eschine c'est le filet : Les mutilles seront diuisez en huict
parties, dont celle d'enhaut s'adjoint auec la couronne ; l'autre sera la sima en haut, auprés des mutilles. Les fascies des mutilles
se feront à la maniere comme il est escrit de l'architrabe ; & faut que ces mutilles soient quarrez en longueur, largeur, hauteur
& grosseur, & qu'il y ait tant de distance, qu'il y puisse entrer vn quadrat de la superieure couronne : Vn tiers de la couronne fait
la sima ; mais la superieure sima se diuise en six parties, dont la superieure partie fait le filet. La proiecture de la Corniche doit
estre quarée, à sçauoir que sa proiecture soit egale à sa hauteur. Et par ce moyen, suiuant ce que dessus, vous aurez la vraye symmetrie & proportion de toutes les parties de la seconde Colonne Corinthienne, comme en ont vsé les Antiques, & comme il
s'en trouue encore de pareilles à present en la ville de Rome au Pantheon, autrement appellé la Rotonde.

Ne me voulant esloigner de l'aduertissement cy-deuant escrit à la fin de chacun chapitre de cedit liure, tant de l'ordre Toscan, Dorique, Ionique, que premiere Corinthe sans piedestal, pour le soulagement de l'Artisan non lettré, à s'aider des
proportions & mesures des Colonnes cy-deuant dépeintes à la fin de chacun desdits chapitres, pour en vser & mettre en pratique, sans s'esloigner de leurs deuës proportions, soit tant pour la decoration des auant-logis, portiques, portes, fenestres, lucarnes, cheminées, puits, fontaines, qu'autres chefs-d'œuures qui luy seront proposez, aura recours aux deux lignes perpendiculaires & paralelles estans tant au costé dextre que senestre de la presente Colonne Corinthienne auec piedestal, estant dénuée de chiffres & caracteres, pour faire plus clairement apparoir tant aux Lecteurs & Artisans lettrez, que non lettrez, l'integrité & perfection d'icelle. Par le moyen desquelles dites deux lignes perpendiculaires cottées S. & T. en ses deux extremitez, au
costé dextre, & le senestre par V. X. chacune d'icelles diuisées en vingt-cinq parties egales, supposées chacune d'icelles parties
pour vn pied, & chacun desdits pieds diuisez en douze petits poincts, pour demonstrer les douze pouces, que doit contenir le
pied de roy : l'vn desquels pouces pourra estre diuisé en six, ou en douze autres parties pour par ce moyen pouuoir plus exactement trouuer les proportions & mesures desdites colonnes : Car par le moyen desdits pieds & pouces, contenus esdites deux lignes perpendiculaires, & paralelles, posant vne regle sur lesdites deux lignes trauersante de chacun des chiffres contenus en l'vne
& l'autre desdites perpendiculaires, commençant par embas au piedestal à six pouces & demy pardessus les cinq pieds marquez
esdites deux lignes perpendiculaires des chiffres 1.2.3.4.5. luy monstrera l'entiere hauteur dudit piedestal, y comprenant ses cymaties hautes & basses, à vingt-cinq pieds de hauteur, ladite colonne comprenant, tous ses membres, c'est à sçauoir ledit piedestal, accompagné de sesdites cymaties hautes & basses, baze, tronc de la colonne, chapiteau, architrabe, frise & corniche : Ce que
continuant ledit Artisan en montant vers le sommet de la corniche de ladite colonne, trouuera les mesures & proportiōs de tous
les membres particuliers contenus en icelle ; comme aussi fera-il en toutes autres hauteurs de colonnes proposées de mesme genre, sans changer de pourtraicts, changeant seulement d'autres lignes perpendiculaires & paralelles, comme si au lieu de vingt-
cinq pieds qu'auons supposez pour exemple, lesdites lignes perpendiculaires & paralelles, estoient diuisées par trente parties, signifiant trente pieds, & chacun pied en douze pouces, comme il est dit cy-dessus. Et consequemment ainsi de toutes autres hauteurs, qui seront proposées ausdits Artisans, qui n'auroient la connoissance des lettres, ains seulement la pratique de la regle &
compas ; peuuent par ce moyen s'ayder desdits pourtraicts de colonnes, & s'en seruir à toutes telles hauteurs que bon leur semblera, sans alterer ne corrompre les mesures & proportions d'icelles : chose de grand profit & vtilité aux pauures simples Arti-
tisans, qui n'ont esté nourris aux lettres. Qui m'a causé l'adjouster à la fin de ce second chapitre dudit ordre Corinthien, &
sixiéme de ce liure, continuant la forme de laquelle i'ay cy-deuant vsé és precedentes colonnes, tant de l'ordre Toscan, Dorique, Ionique, que Corinthe sans piedestal, pour le plaisir que ie sçay qu'en receuront lesdits Artisans, accomplissant par ce
moyen la curieuse recherche que les anciens ont fait de la proportion & mesure desdites Colonnes : ce qui atirera les passans en
vne merueilleuse admiration, par la contemplation de telle structure.

· POITEVIN · SEIGNEVR · DV · LIGNERON · MAVCLERC ·

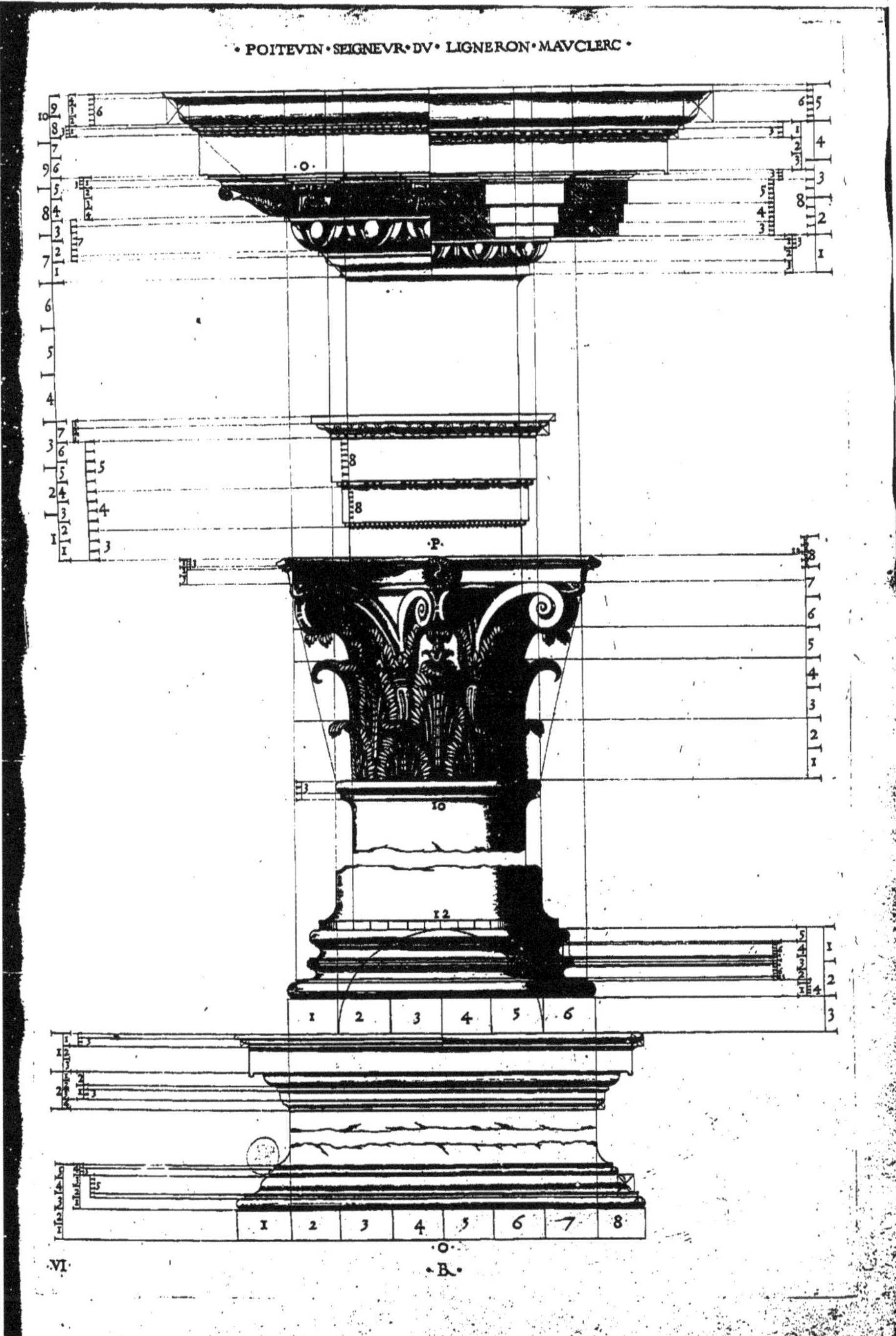

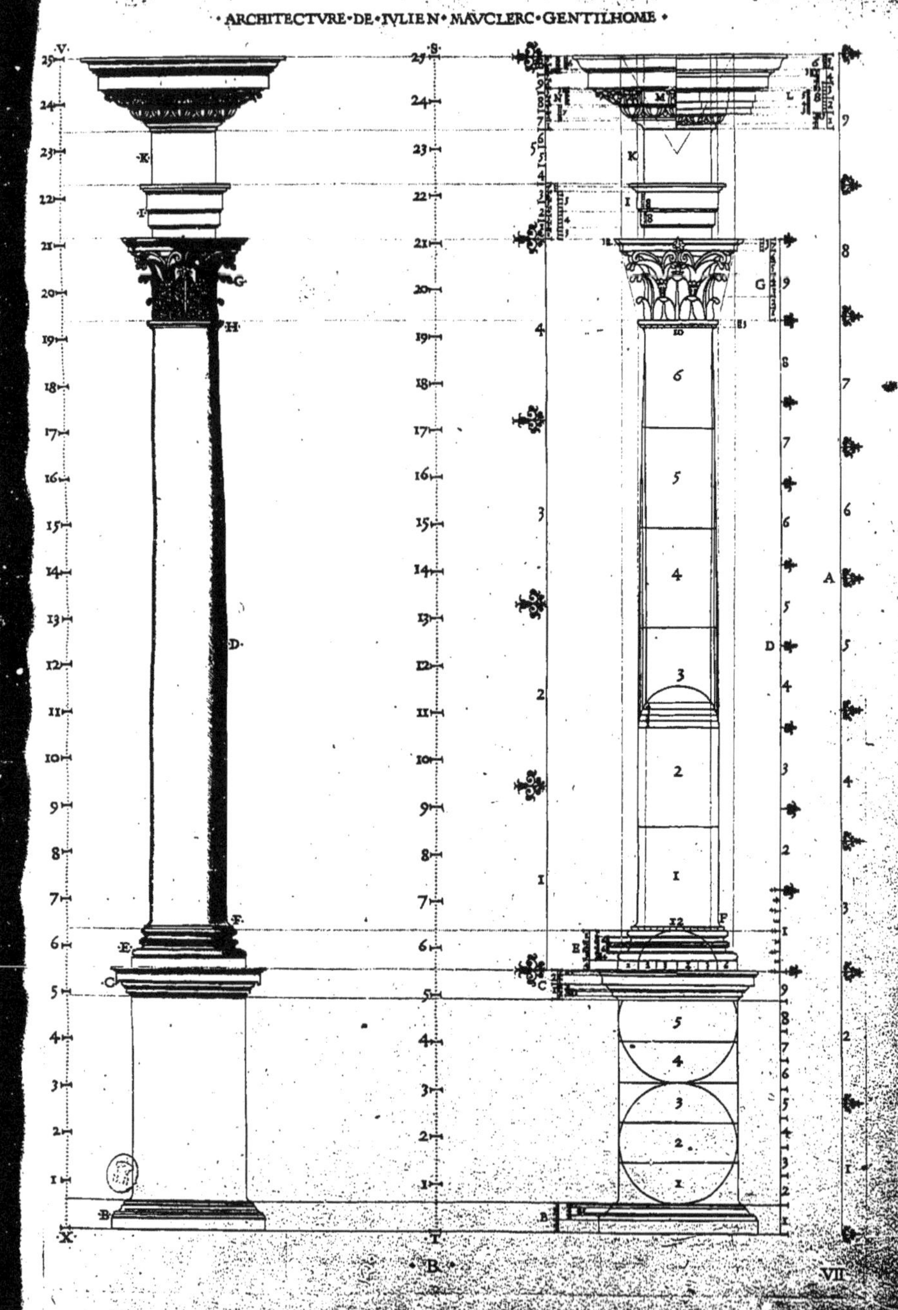

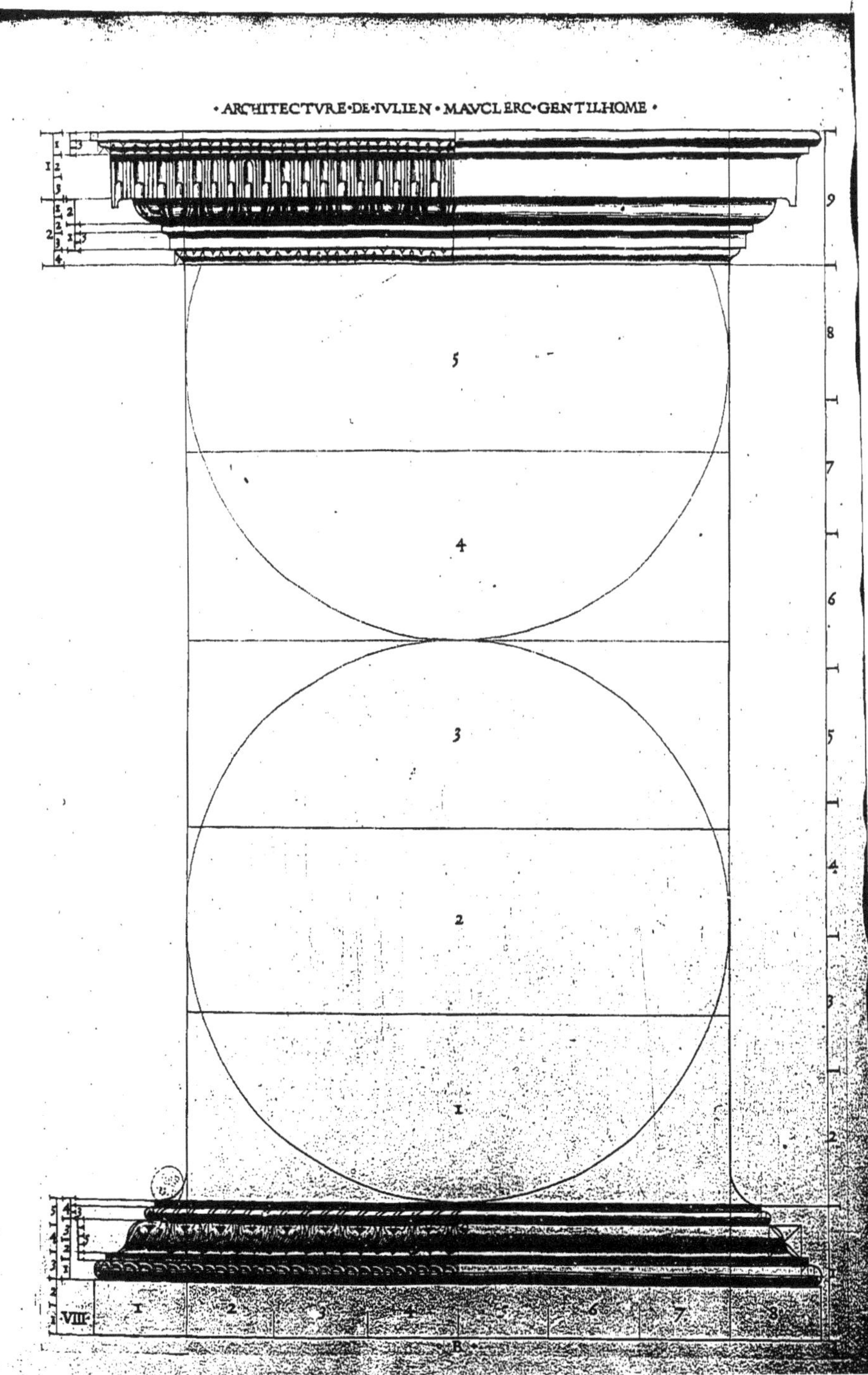
· ARCHITECTVRE · DE · IVLIEN · MAVCLERC · GENTILHOME ·
VIII
B

POITEVIN·SEIGNEVR·DV· LIGNERON·MAVCLERC·

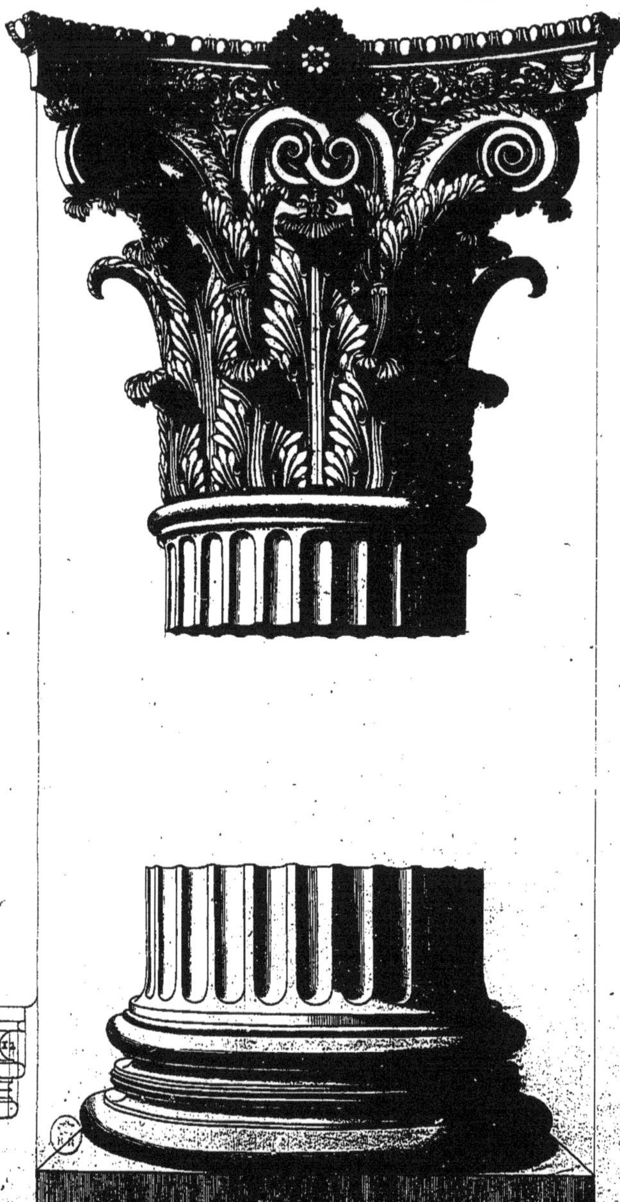

B

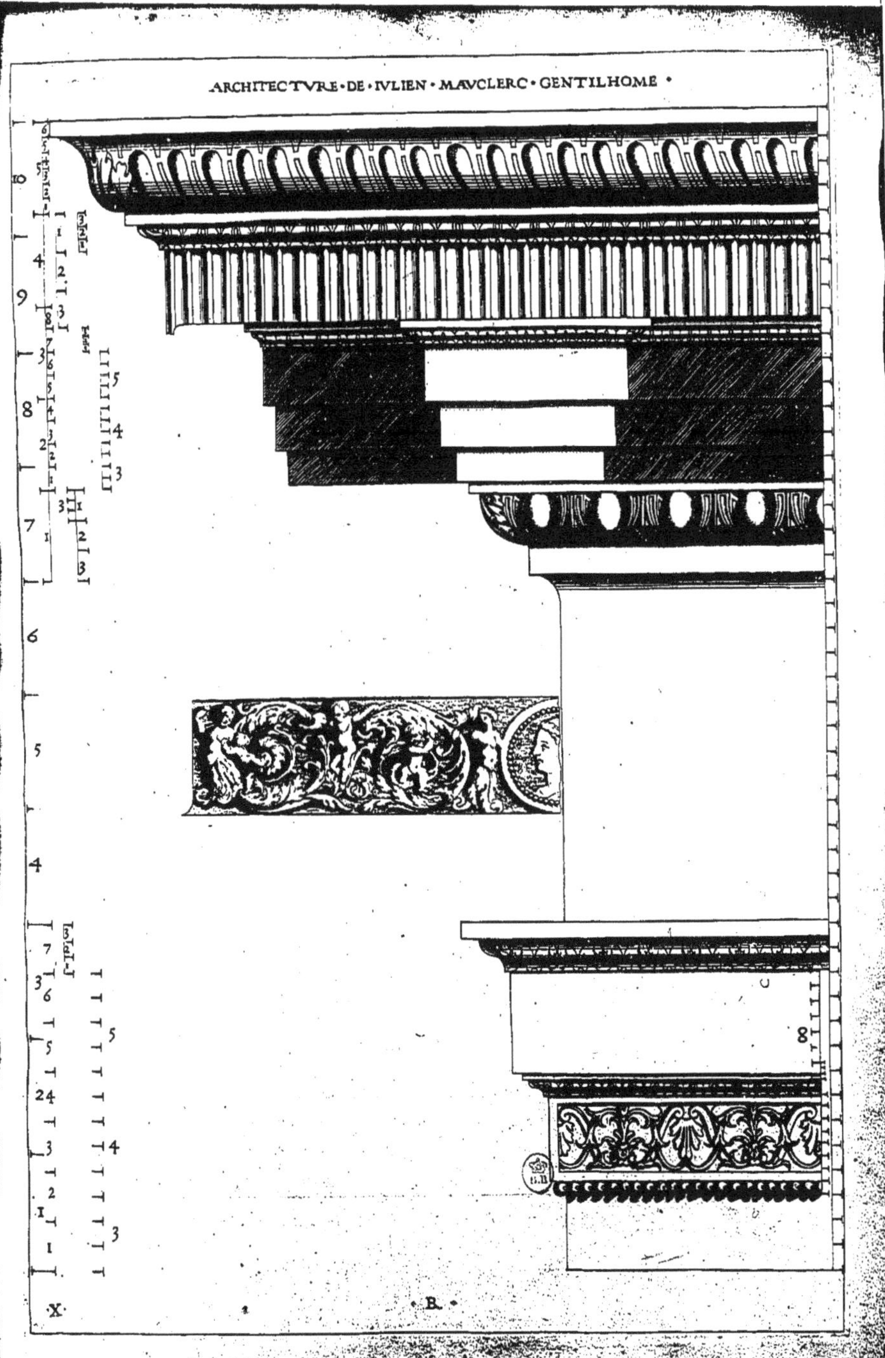
ARCHITECTVRE · DE · IVLIEN · MAVCLERC · GENTILHOME ·
·X·
·B·

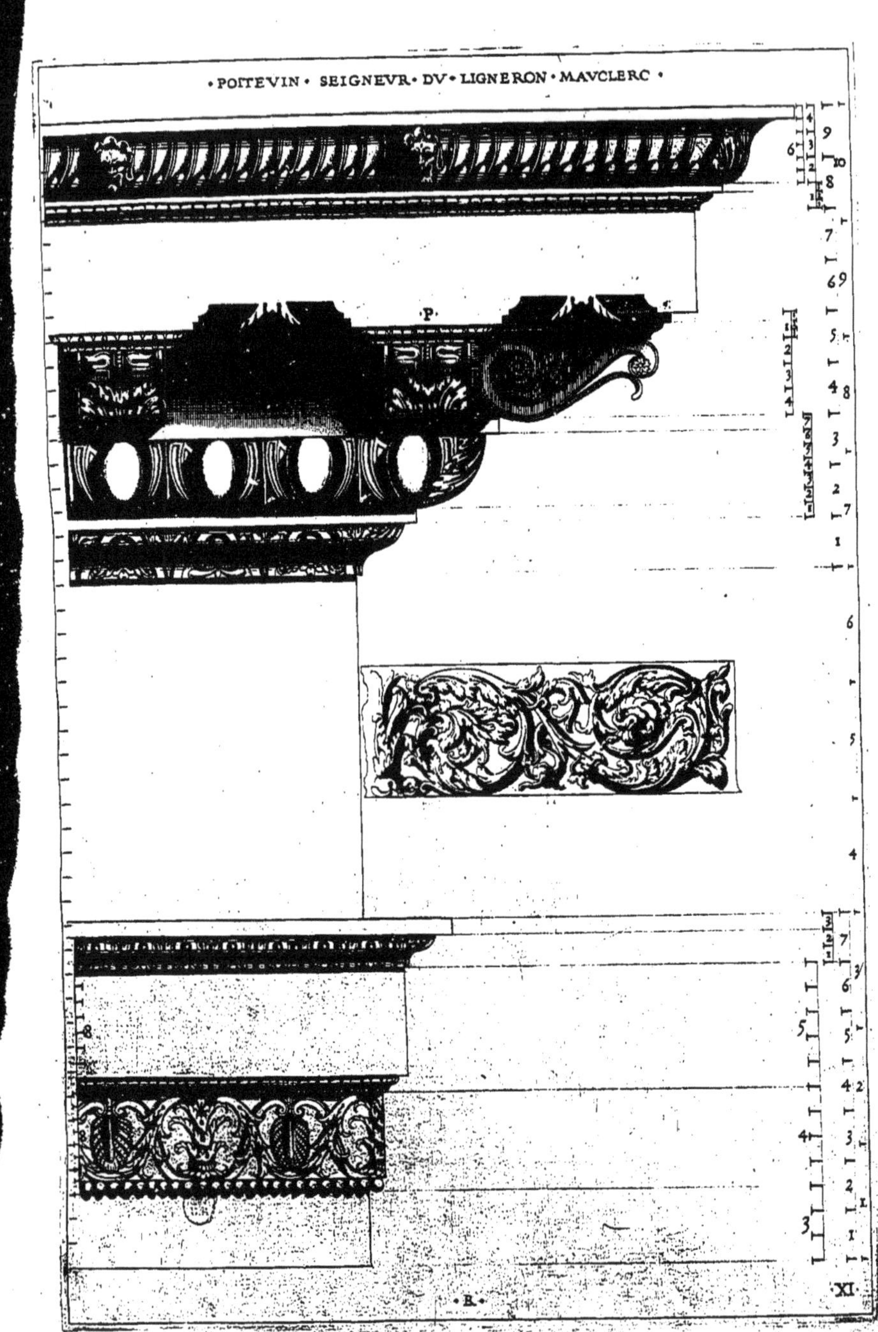
• POITEVIN • SEIGNEVR • DV • LIGNERON • MAVCLERC •
·P·
·B·
XI

TRAITE' DE L'ORDRE COMPOSITE OV COMPOSE'.

CHAPITRE VII.

QVant à la cinquiéme Colonne, elle est appellée Composite, à cause qu'elle est composée & assemblée des trois ordres precedens. La totalle hauteur de cette Colonne cottée A. soit diuisée premierement en treize parties, dont en prendrez trois pour la hauteur de la stilobate, laquelle diuiserez en dix parts, vne pour la Corniche en haut, vne pour la baze en bas; & la moitié des parties restantes sera la largeur de la stilobate. La cimaise basse de la stilobate cottée B. au costé dextre, soit diuisée en sept parts, deux d'icelles pour le Plinthe, vne pour le thore, deux pour la sima, vne pour le trochille ou nasselle, & vne pour l'astragale. Vn tiers de l'astragale fait le filet dessus la scotie ou trochille; & le filet d'enhaut a la demie largeur de l'astragal. Les deux parties de la sima se partiront en six parts, de sorte que les filets, & embedeux costez, auront chacun vne partie: Mais toute la grosseur ou proiecture de ladite cimaise basse, est vne sixiéme partie de la largeur de la stilobate ou piedestal. La saillie des membres est telle comme la figure le demonstre, & comme plus à clair sera veu en la cimaise basse, mise en plus grande forme au costé de cette dite Colonne à senestre, cottée M.

Totalle hauteur de la Colonne auec tous ses membres, cottée A.

Diuision, hauteur & proiecture de la Cimaise basse de la stilobate, cottée B.

La senestre & superieure cimaise ou corniche de la stilobate, cottée D. soit diuisée en cinq parties, vne pour l'astragal auec le filet, deux pour la frise, deux pour la couronne: vn tiers de la couronne fait la sima, les deux parties restantes sont la fascie: vne quarte partie de la frise est le filet dessous la couronne: La proiecture ou saillie de cette dite cimaise ou corniche, est pareille à la saillie de la cimaise basse.

Hauteur, diuision & proiecture de la Cimaise de la stilobate au costé senestre, cottée D.

La dextre & superieure cimaise ou corniche de la stilobate cottée C. soit diuisée en sept parties, vne d'icelles soit donnée à l'astragal & au filet, deux à la frise, vne au petit eschine, trois à la couronne, tellement qu'vne partie fasse la sima, & deux parties la fascie. Chaque partie ou membre doit saillir en quarré; c'est que la proiecture de chaque partie doit saillir autant comme elle a de hauteur. Sur la stilobate on assied la verge, qui a telle grosseur comme il est dit en la Colonne Corinthienne, à sçauoir en cette maniere; Partissez la largeur de la stilobate en six parties, quatre d'icelles feront la grosseur de la verge, & les deux restantes feront la hauteur de la baze qui s'assied sur la stilobate.

Diuision, hauteur & proiecture de la superieure Cimaise de la stilobate au costé dextre, cottée C.

La Colonne, ensemble sa baze & son chapiteau cotté E. est dix fois aussi haute comme le diametre de la plus basse partie de la verge de ladite Colonne en son empietement. La baze de la verge cottée F. a en hauteur la demie grosseur de la basse partie de ladite verge ou tronc de la Colonne; & a les mesmes parties & proportions comme la Corinthienne, horsmis que là où il y a deux petits astragalles, nous auons mis en cettui-cy vn petit Torus ou Murezille, comme plus à plein est demonstré en la baze qui est en plus grand' forme au costé senestre, cottée N.

Hauteur de la Colonne auec sa baze & chapiteau, cottée E.

Diuision & hauteur de la baze, cottée F.

Le filet qui se pose sur la baze, là où voyez les douze parties, se fait en cette maniere; Partissez la grosseur de la verge en douze parties, deux d'icelles font le retrecissement de la verge, vne demie partie est la largeur ou hauteur du filet, & vne partie entiere est la saillie. Le chapiteau cotté G. la verge, la zenia, le retrecissement se fait ainsi qu'il est dit en la Corinthienne, & comme il appert aussi en l'vne de sesdites Colonnes: La Colonne se peut strier selon la Ionique, & par fois aussi selon la Corinthienne.

Diuision du chapiteau, cotté G.

Dessus le chapiteau se met l'architrabe cotté H. qui est aussi haut comme la verge de la Colonne en haut est grosse, & se diuise comme l'architrabe Ionique auec piedestal, ainsi qu'il appert par la figure, & comme plus à plein est demonstré en la presente figure.

Hauteur & diuision de l'Architrabe cotté H.

Apres l'architrabe suit la Frise auec les Mutilles, cottée I. & est aussi haute comme la verge en haut est grosse: Partissez la frise en six parties, & vne partie sera la sima dessus les mutilles: les mutilles sont aussi larges comme hautes, & se cauent en maniere de canals, si comme il appert par la figure: l'espace entre deux soit quarré.

Diuision & hauteur de la frise, cottée I.

Sur la Frise se pose la Corniche de semblable hauteur, au costé dextre cottée L. La moitié de la corniche, c'est la sima; l'autre moitié, c'est la couronne dessus les mutilles; vne quarte part de la couronne engendre la petite cime ou cornichette dessus icelle: vne septiéme partie de la superieure sima sera l'abacus ou tailloüer. Toutes les parties de la corniche doiuent chacune saillir en quarré. La superieure partie de la corniche au costé senestre cottée K. soit diuisée en six parties, l'inferieure ou basse partie de ces parties fait l'eschine dessous la sima; les trois parties font la sima, & deux parties font l'abacus. La couronne a tant de saillie comme la sima qui est dessus les mutilles: mais la superieure sima a sa proiecture en quarré. C'est enfin la symmetrie & vraye mesure & proportion de ladite Colonne, qui finit & accomplit sa hauteur en treize parties; si comme il appert par les Colonnes estant à Rome en l'Amphiteatre, qui à present est appellé Colisée. La maniere de creuser & courber les simes ou corniches, est demonstrée bien à clair és corniches estant en grand forme au costé senestre de cesdites Colonnes, lesquelles i'ay cottées, pour plus claire intelligence, des lettres P. celle du costé dextre; & celle du senestre de Q. Ausquelles corniches sont adjoustez en la premiere en ordre vn Timpan de l'ordre Ionique auec la regle pour sa construction: & à la suiuante vne corniche de la regle & mesure de Vignole, auec ses proportions, afin que les curieux choisissent ce qui leur plaira le plus.

Hauteur & diuision de la Corniche au costé dextre cottée L.

Diuision, hauteur & proiecture de la Corniche au costé senestre cottée K.

Le Timpan se fait de mesme façon que le Fronton cy-deuant descrit au quatriéme chapitre de l'ordre Ionique auec piedestal: mais au lieu de marquer des arcs comme au fronton, il faut tirer des lignes droites de C. en A. autant qu'il y en a à la corniche de l'ordre dont vous le faites; & puis ferez descendre toutes vos lignes sur la ligne E. comme au fronton.

Maniere de former le Timpan.

Antiquité de la Colonne Composite, septiéme en ordre.

DEs trois dernieres especes de Colonnes, sçauoir est de Dorique, Ionique & Corinthe, procede vne Inuention de Colonne appellée Composite, & est plus gresle & delicate que la Corinthe : car elle est composée des trois susdites especes de Colonnes, conioinctement vnies par bonne proportion de dix diametres de hauteur, comme il apert par les pourtraicts d'icelles cy-apres dépeints.

Aduertissement notable aux simples Artisans, ayās seulement la main & la pratique de la regle & compas.

Accomplissant la promesse par moy faite au commencement de ce liure, pour le soulagement des simples Artisans non lettrés en l'ample intelligence des proportions & mesures qui se doiuent garder & obseruer à esleuer Colonnes & Pilastres en leur perfection & singuliere beauté, suiuant la trace de ces bons & admirables anciens Architectes antiques, continuant les aduertissemens cy-deuant descrits à la fin de chacun chapitre de cedit liure, tant de l'ordre Toscan, Dorique, Ionique, Corinthe, que de cette presente Composite, pour en vser & icelles mettre en pratique, soit tant pour la decoration des auant-logis, Portiques, portes, fenestres, lucarnes, cheminées, puits, & fontaines, qu'autres chefs-d'œuures qui leurs seront proposez, ayant seulement la pratique de la regle & compas, auront recours aux deux lignes perpendiculaires & paralelles estans tant au costé dextre que senestre de la suiuante Colonne Composite, qui est dénuée de chiffres & caracteres, pour faire plus clairement connoistre tant aux Lecteurs & Artisans lettrez, que non lettrez, l'integrité & perfectiō d'icelle. Par le moyen desquelles dites deux lignes perpendiculaires cottées par R. & S. en ses deux extremitez, au costé dextre, & la senestre par T. V. chacune d'icelles diuisées en trente parties egales, supposees chacune d'icelles parties pour vn pied, & chacun desdits pieds diuisez en douze petits poincts, pour demonstrer les douze pouces, que doit contenir le pied de roy : l'vn desquels pouces pourra estre diuisé en six, ou en douze autres parties, pour trouuer plus exactement les proportions & mesures desdites colonnes : Car par le moyen desdits pieds & pouces, contenus esdites deux lignes perpendiculaires, & paralelles, posant vne regle sur lesdites deux lignes trauersante, de chacun des chiffres contenus en l'vne & l'autre desdites perpendiculaires, commençant par embas au piedestal a onze pouces pardessus les six pieds marquez esdites deux lignes perpendiculaires des chiffres 1. 2. 3. 4. 5. 6. luy monstreront l'entiere hauteur dudit piedestal, y comprenant ses cymaties hautes & basses, à trente pieds de hauteur, ladite colonne comprenant tous ses membres, c'est à sçauoir ledit Piedestal, accompagné de sesdites cymaties hautes & basses, baze, tronc de la colonne, chapiteau, qu'architrabe, frise & corniche : ce que continuant lesdits Artisans en montant vers le sommet & dernier filet ou quarré de la corniche de ladite Colonne, trouueront les mesures & proportions de tous les membres particuliers contenus en icelle ; comme aussi il fera en toutes autres hauteurs d colonnes proposees de mesme genre, sans changer de pourtraicts, changeant seulement d'autres lignes perpendiculaires & paralelles, comme si au lieu de trente pieds qu'auons supposez par exemple, lesdites lignes perpendiculaires & paralelles, estoient diuisees par quarante parties, signifiant quarante pieds, & chacun pied en douze pouces, comme il est dit cy-dessus. Et consequemment ainsi de toutes autres hauteurs, qui seront proposées ausdits Artisans, sans alterer ne corro apre les mesures & proportions d'icelles.

ADVERTISSEMENT POVR LES ENTRE-COLONNES, ARCS OV PORTIQVES, & des mesures diuerses des Colonnes de Scamozi, Paladio & Vignole, qui sont à la fin de ce liure.

IL faut maitenant parler des espaces que Scamozi, Paladio & Vignole ont obserué entre les Colonnes, & aux Portiques ou portes & Arcs, ausquels ils ont resolu vne mesure necessaire pour leur perfection. Et pour n'estre point ennuyeux ie n'en traiteray que d'vne sorte, sçauoir de Paladio, dautant que i'en ay disposé mon dessein pour sa varieté : Commençant donc par l'ordre Toscan, où il nomme sa mesure Module, au lieu que nostre Architecte François luy a donné le pied de Roy : neantmoins l'vn reuient à l'autre ; car si le pied de Roy se diuise en douze pouces ou parties, & vne partie en douze poincts, c'est afin de mieux trouuer iusqu'aux moindres diuisions des plus petits filets. Et le Module de Paladio se diuise en soixante minuttes, qui veulent dire parties, de mesme Vignole les nomme parties du Module ; & le tout à mesme fin de bien trouuer ces dites diuisions. Scamozi la nomme aussi Module, diuisé en soixante minuttes, de sorte qui faut estre aduerty que celuy qui voudra donner la proportion à vne Colonne, se doit seruir de la mesure dont l'Architecte duquel il veut suiure l'ordre, s'est seruy pour la composer.

1. Paladio a donné aux entre-Colonnes de l'ordre Toscan deux Modules & demy de distance entre les deux Colonnes, à mesurer l'espace depuis le vif de l'vne Colonne, iusqu'au vif de l'autre Colonne par bas, comme vous le verrez marqué au dessein que i'en ay fait à la fin de ce liure, où tous les Arcs, ou Portiques, & entre-Colonnes de chaque ordre sont reduits en petit, pour seruir seulement de demonstration au Lecteur. L'Arc ou Portique du mesme ordre doit auoir 6. modules & 25. minuttes d'ouuerture ou largeur, à prendre l'espace ou largeur du milieu du vif d'vne Colonne dudit Arc, iusqu'au milieu du vif de l'autre Colonne du costé oposite, ainsi qu'il est marqué audit dessein d'vn petit angle ponctué au milieu du bas des Colonnes desdits Arcs. Obseruant le mesme à chaque ordre. Et la hauteur dudit Arc ou Portique aura 7. modules & 40. minuttes depuis son plan iusqu'à son cintre ou voûte, ainsi qu'il est marqué audit dessein par de petits bouts de lignes ponctués.

2. Il faut remarquer en l'ordre Dorique, qu'à cause que Paladio a diuisé son module en 2. en cet ordre seulement, & le module en 30. minuttes, au lieu qu'aux autres il en a 60. les entre-Colonnes de cedit ordre auront 5. modules & demy, à mesurer cōme il est dit en l'ordre Toscan : & l'Arc ou portique aura 15. modules d'ouuerture ou largeur ; & sa hauteur aura 20. modules & demy, depuis son plan iusqu'à son cintre ou voûte, obseruant le tout comme il est dit de l'ordre Toscan. 3. De l'ordre Ionique, ses entre-Colonnes aurōt 2. modules & vn quart de distāce, & l'Arc ou portique aura 7. modules & 17. minutes d'ouuerture ou largeur, & sa hauteur aura 11. modules, depuis son plan iusqu'à sa voûte, à mesurer cōme il est dit cy-dessus. 4. De l'ordre Corinthe, ses entre-Colonnes auront 2. modules de distance, & l'Arc ou portique aura six modules & demy de largeur : & sa hauteur aura 11. modules 20. minuttes, depuis son plan iusqu'à sa voûte, mesurant cōme cy-dessus. 5. De l'ordre Composite, ses entre-colonnes auront vn module & demy de distance, & l'Arc ou portique aura 7. modules & 15. minuttes d'ouuerture ou largeur : & sa hauteur aura 12. modules & 20. minuttes depuis son plan iusqu'à sa voûte, mesurant comme cy-dessus. Et Vignole donne à tous les ordres, aux Arcs ou portiques 2. fois leur ouuerture ou largeur, pour leur hauteur, à mesurer ladite largeur du coin de la baze d'vn piedestal à l'autre, excepté à l'ordre Corinthe auec piedestal, auquel il donne en hauteur vn module de plus.

Il faut considerer que les Colonnes des Arcs ou portiques doiuent auoir de saillie hors du Pilastre contre lequel elles sont posées, vn tiers de module plus que leur moitié, parce que la saillie ou proiecture de l'imposte sort iustement la moitié de la Colonne. & ce sera vne regle generalle pour obseruer en tous les cinq ordres.

Ie ne traitteray pas icy des diuerses proportions qu'ont donné ces Architectes cy-dessus nommez aux cinq ordres de Colonnes, & dont les desseins & profils de Colonnes sont grauez en trois planches aussi à la fin de ce liure, d'autant que sur icelles lesdites proportiōs y sont grauées en abregé. Ce que i'ay crû deuoir estre assez intelligible pour ceux qui se seront donnez le loisir de lire les 7. chapitres contenus en ce liure auec attention, qui leur donnerōt l'ouuerture & la cōnoissance des noms propres & mots particuliers vsitez à l'Architecture, sans la cōnoissance desquels il est biē difficille de la bien entendre. Ayant encore vne place vuide ausdites planches, pour la remplir i'y ay placé la Colonne Torte de Vignole, tirée de l'original Italien, la regle de laquelle i'ay traduit en François le plus exactement qu'il m'a esté possible. Il reste à vous dire, que vous venez de voir dans nostre Architecte François les mesures & proportions de Vitruue toutes pures, & vous verrez à la fin de ce liure celles des plus fameux Architectes modernes Italiens : Il me semble que c'est tout ce que peut desirer celuy qui voudra apprendre l'Architecture, parce que les autres n'estans que de foibles imitateurs de ceux-là, ils n'auront iamais beaucoup d'authorité.

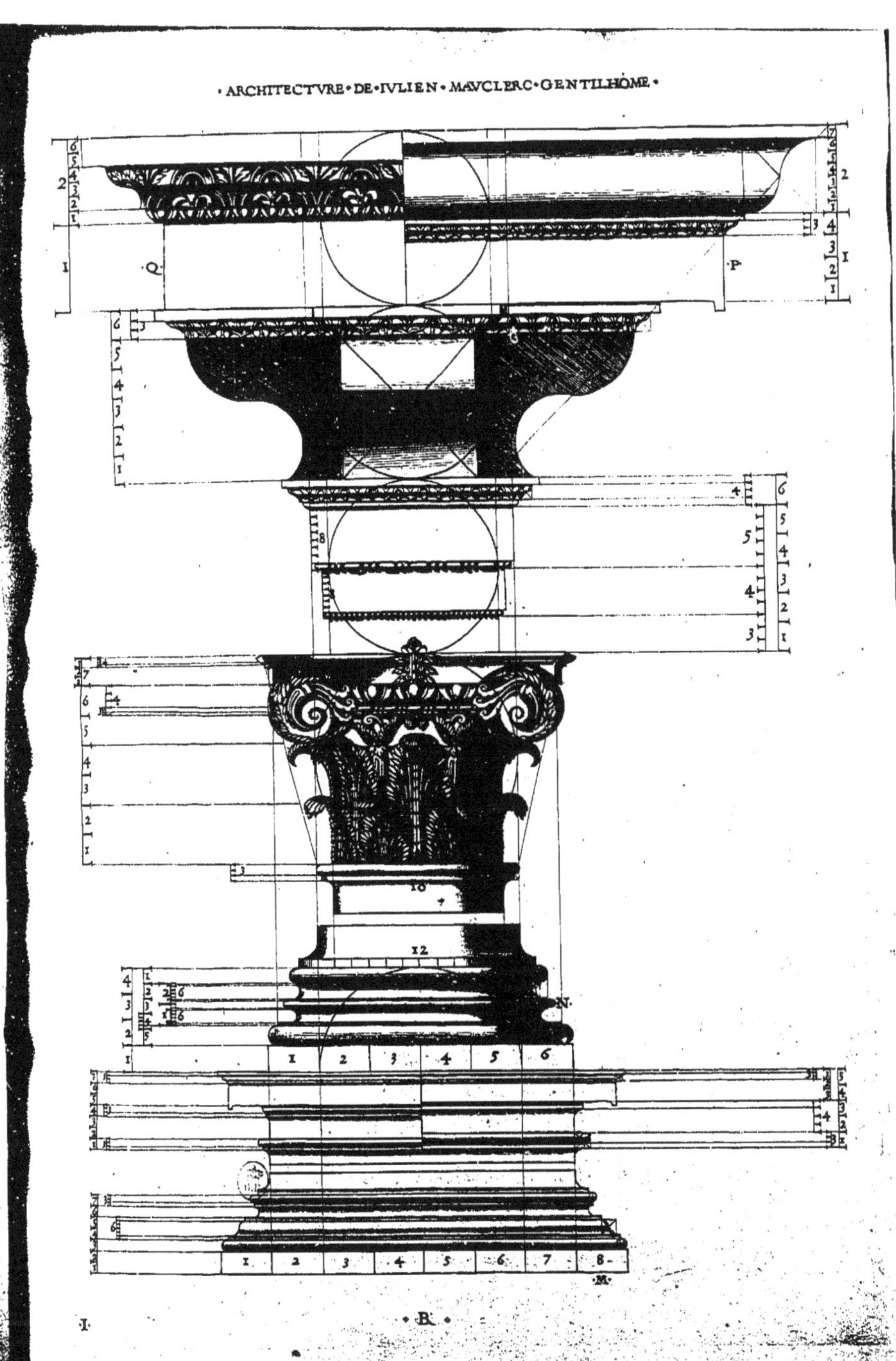

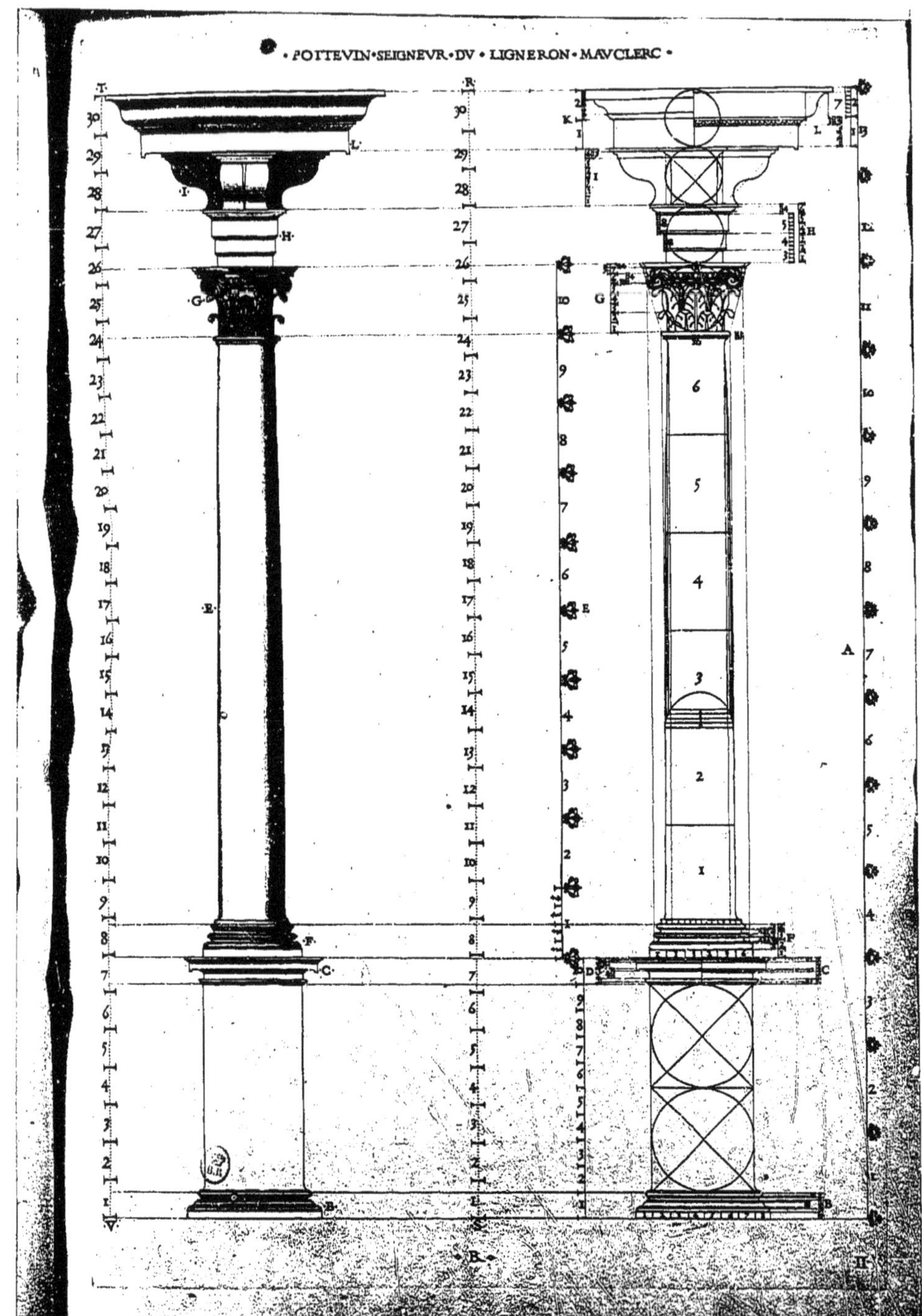
POITEVIN·SEIGNEUR·DU·LIGNERON·MAUCLERC
B
II

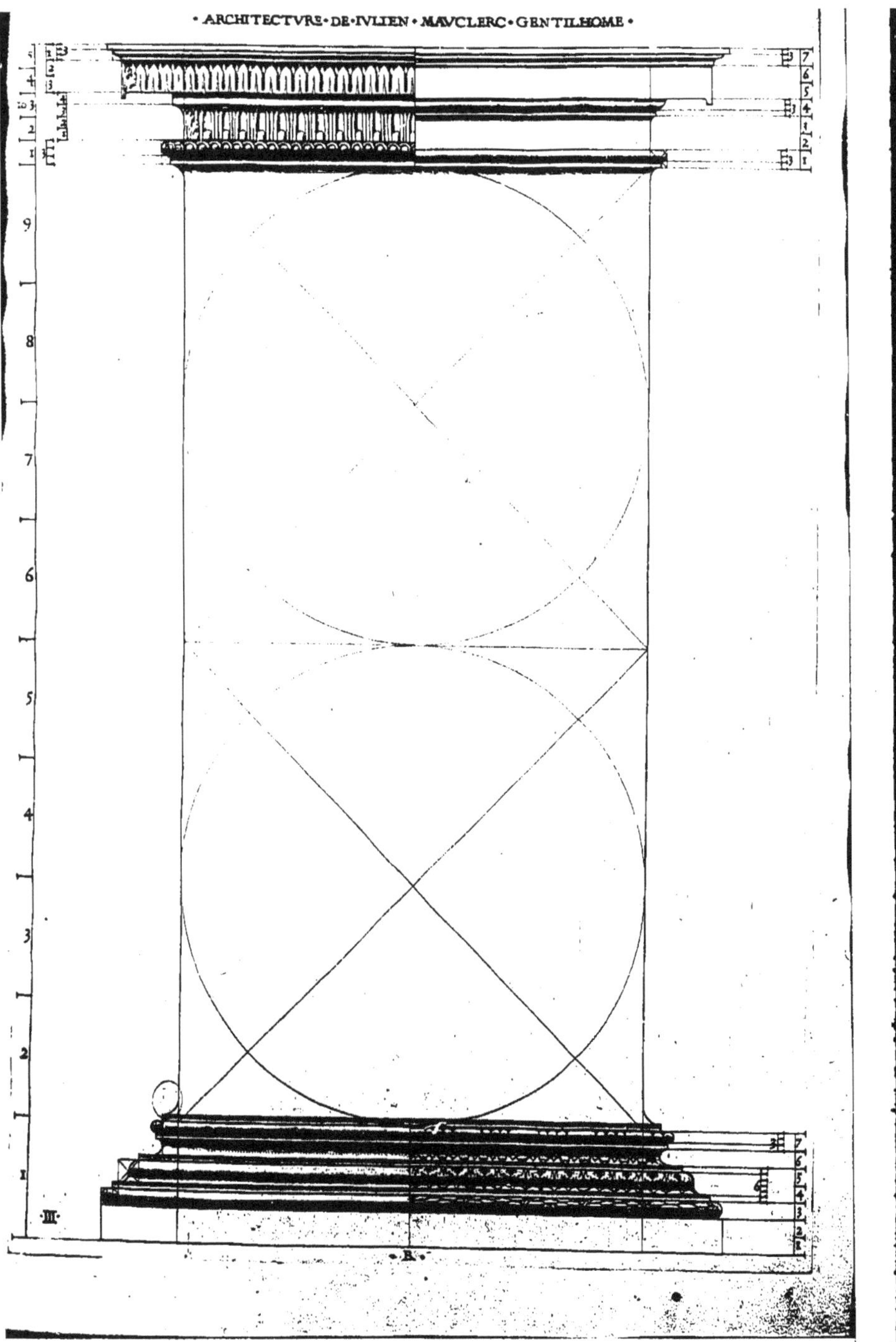
9
8
7
6
5
4
3
2
1
·III·
·B·

·ARCHITECTVRE· DE· IVLIEN· MAVCLERC· GENTILHOME· POETEVIN·
SIGNEVR· DV· LIGNERON· MAVCLERC·

·V·

POITEVIN · SEIGNEVR · DV · LIGNERON · MAVCLERC ·

A
·15·P·$\frac{1}{4}$·
B

DESSEIN DV PORTIQVE OV ARC DE L'ORDRE IONIQVE.
DESSEIN DES ENTRECOLONNES DE L'ORDRE CORINTHE.
DESSEIN DV PORTIQVE OV ARC DE L'ORDRE CORINTHE.
DESSEIN DES ENTRECOLONNES DE L'ORDRE COMPOSITE.
DESSEIN DV PORTIQVE OV ARC DE L'ORDRE COMPOSITE.
6
7
8
9
10
DESSEIN DES ENTRECOLONNES DE L'ORDRE DORIQVE.
DESSEIN DES ENTRECOLONNES DE L'ORDRE IONIQVE.
1
2
3
4
5

DIFERENTES PROPORTIONS DE L'ORDRE TOSCANE
DIFERENTES PROPORTIONS DE L'ORDRE DORIQUE
DE SCAMOZZI
DE PALADIO
DE VIGNOLE
DE SCAMOZZI
DE PALADIO
DE VIGNOLE

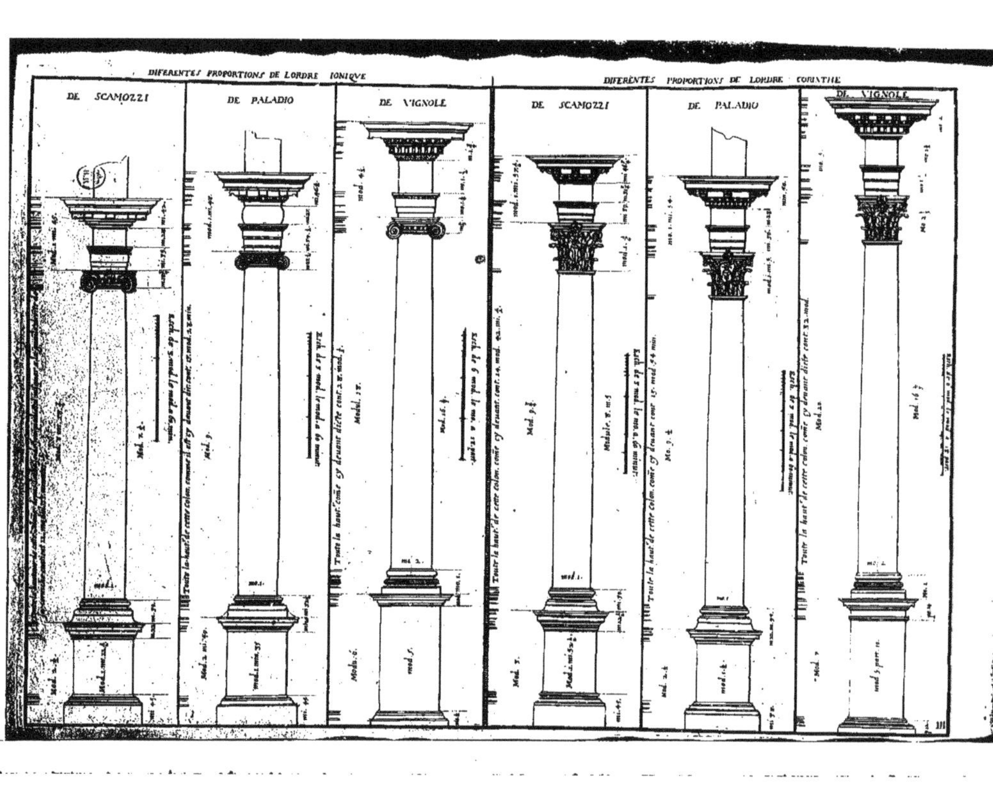
DIFERENTES PROPORTIONS DE LORDRE IONIQVE
DIFERENTES PROPORTIONS DE LORDRE CORINTHE
DE SCAMOZZI
DE PALADIO
DE VIGNOLE
DE SCAMOZZI
DE PALADIO
DE VIGNOLE

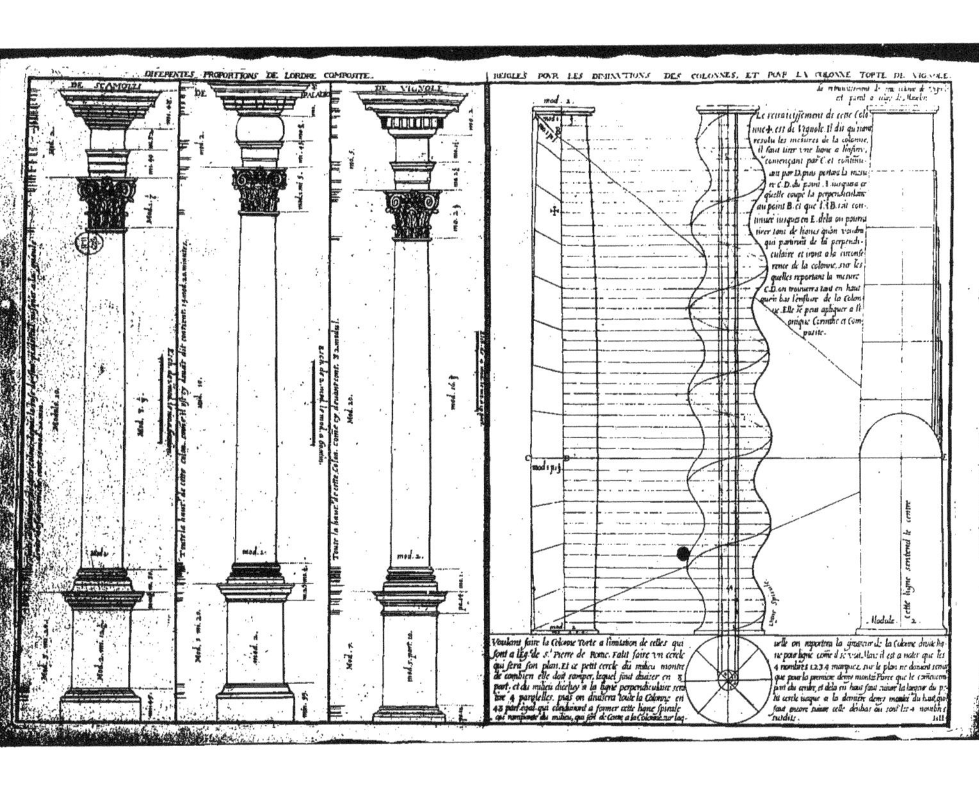
DIFERENTES PROPORTIONS DE LORDRE COMPOSITE.
DE SCAMOZZI
PALADIO
DE VIGNOLE
REIGLES POVR LES DIMINVTIONS DES COLONNES, ET POVR LA COLONNE TORTE DE VIGNOLE.
Le retraicissement de cette Colonne est de Vignole. Il dit qu'ayant resolu les mesures de la colonne, il faut tirer vne ligne a linfiny, comencant par C. et continuant par D. puis portant la mesure C. D. du point A. iusques a ce quelle coupe la perpendiculaire au point B. et que l'AB. soit continuee iusques en E. dela on pourra tirer tant de lignes quon voudra qui partiront de la perpendiculaire et iront a la circonference de la colonne, sur les quelles reportant la mesure C. D. on trouuerra tant en haut quen bas l'enflure de la Colonne. Elle se peut apliquer a l'Ionique Corinthe et Composite.
Voulant faire la Colonne Torte a l'imitation de celles qui sont a l'Eg. de S. Pierre de Rome. Faut faire vn cercle qui sera son plan. Et ce petit cercle du milieu montre de combien elle doit ramper, lequel faut diuiser en 8 part. et du milieu diceluy a la ligne perpendiculaire sera tire 4 paralelles. puis on diuisera toute la Colonne en 48 part egal. qui condviront a former cette ligne spirale qui tourne du milieu, qui sert de Centre a la Colonne, sur laquelle on reportera la grosseur de la Colonne droite ligne pour ligne come il se voit. Mais il est a noter que les 4 nombres 1.2.3.4 marquez sur le plan ne donent seruice que pour la premiere demie montee. Parce que le comencement part du centre, et dela en haut faut suiure la largeur du petit cercle iusque a la derniere demie montee du haut, qui faut encore suiure celle denbas ou sont les 4 nombres susdits.
mod. 2.
Ligne Spirale
Module 2.
Cette ligne sentend le centre

4
Dodecaedrum.

5
Icosaedrum.

3
Octaedrum.

2
Hexaedrum.

1
Tetraedrum.

www.ingramcontent.com/pod-product-compliance
Ingram Content Group UK Ltd.
Pitfield, Milton Keynes, MK11 3LW, UK
UKHW020417230726
13925UKWH00004B/1481